LA NEIGE DE L'AMIRAL

COLLECTION L'AIR D'AUTAN

Du même auteur

ENTREPRISES ET TRIBULATIONS DE MAQROLL EL GAVIERO :

Ilona vient avec la pluie
Un bel mourir (à paraître)

La dernière escale du tramp steamer

ALVARO MUTIS

LA NEIGE DE L'AMIRAL

roman

Traduit de l'espagnol (Colombie)
par Annie Morvan

Sylvie Messinger, Éditrice
24, rue de l'Abbé-Grégoire
PARIS-VIe – FRANCE

L'édition originale de ce livre a été publiée sous le titre :
LA NIEVE DEL ALMIRANTE

Avertissement

Ce livre et ceux que nous publierons prochainement ont pour personnage principal Maqroll el Gaviero. Pourtant, si sa mort, dès les premières pages de ce roman, demeure douteuse, sa naissance remonte au tout début de l'œuvre poétique d'Alvaro Mutis et court au long de chacun de ses recueils de poèmes.

Maqroll el Gaviero, c'est le gabier, et pour Alvaro Mutis, le gabier est la représentation même du poète, l'homme qui, solitaire en haut de son mât, voit et annonce tout au navire, le bon et le funeste. Ainsi, c'est du gabier que le navire dépend, tout comme lui dépend entièrement du navire.

L'éditeur

A Ernesto Volkening
(Anvers, 1908-Bogotá 1983)
En souvenir et en hommage
à son amitié sans ombrage
et à son inoubliable leçon.

N'accomplissant que ce qu'il doit,
Chaque pêcheur pêche pour soi :
Et le premier recueille, en les mailles qu'il serre,
Tout le fretin de sa misère;
Et celui-ci ramène à l'étourdie
Le fond vaseux des maladies;
Et tel ouvre les nasses
Aux désespoirs qui le menacent;
Et celui-là recueille au long des bords,
Les épaves de son remords.

Émile Verhaeren,
Les Pêcheurs

Alors que je croyais avoir eu entre les mains la totalité des écrits, lettres, documents, récits et mémoires de Maqroll el Gaviero, et alors que ceux qui savaient combien je m'intéressais à sa vie avaient cessé de chercher des traces écrites de sa pitoyable errance, le hasard, au moment où je m'y attendais le moins, me réservait encore une bien curieuse surprise.

J'éprouve toujours, en me promenant dans le quartier gothique de Barcelone, un plaisir secret à fouiner dans ses vieilles librairies, à mon avis les mieux fournies et dont les propriétaires possèdent encore la compétence subtile, l'intuition généreuse, le savoir taciturne, qui sont les qualités du véritable libraire, cette espèce en voie de disparition imminente. Il y a quelques jours, en passant rue de Botillers, mon attention fut retenue par la vitrine d'une librairie ancienne, la plupart du temps fermée mais qui offre à l'avidité du *collectionneur des pièces réellement exceptionnelles. Ce jour-là, elle était ouverte. J'y entrai, animé de la ferveur avec laquelle on pénètre dans le sanctuaire d'un rite oublié. Un homme jeune avec une épaisse barbe noire de juif levantin, un teint d'ivoire et des yeux humides et sombres figés en une légère expression d'étonnement, attendait derrière une pile de cartes et de livres en désordre qu'il cataloguait d'une minutieuse écriture appartenant à un autre âge. Il me sourit légèrement et, tel un bon libraire de tradition, il me laissa fureter entre les rayons en s'efforçant de passer le plus possible inaperçu. Alors que je mettais de côté quelques livres en vue de les acheter, je tombai soudain sur une belle édition, reliée en peau cramoisie, de l'ouvrage du professeur Raymond que je cherchais depuis des années et dont le titre est en soi toute une promesse :* Enquête du prévôt de Paris sur l'assassinat de Louis duc d'Orléans *, *édité en 1865 par la Bibliothèque de l'École des chartes. Des années d'attente étaient ainsi récompensées par un coup de chance sur lequel depuis bien longtemps je ne nourrissais plus aucune illusion. Je pris l'exemplaire sans même l'ouvrir et demandai son prix au jeune barbu. Il me l'indiqua sur ce ton catégorique, décisif, défi-*

* En français dans le texte.

nitif et sans appel, propre lui aussi à son altière confrérie. Je payai sans barguigner le livre et les autres ouvrages que j'avais choisis, et je sortis afin de savourer mon acquisition avec une lente et délectable volupté, seul, sur un banc de la petite place où se dresse la statue de Ramón Berenguer le Grand. En tournant les pages, je remarquai qu'au verso de la couverture il y avait une grande poche destinée originellement à ranger les cartes et les arbres généalogiques qui complétaient le fascinant ouvrage du professeur Raymond. A leur place il y avait un paquet de feuilles, la plupart de couleur rose, jaune ou bleue, qui avaient l'aspect de factures ou de tableaux de comptabilité. En les examinant de plus près, je m'aperçus qu'elles étaient recouvertes d'une écriture menue, quelque peu tremblante, peut-être même fébrile, tracée au crayon violet en lignes serrées que la salive de l'auteur avait çà et là délavées. Elle recouvrait les deux côtés, contournant avec soin les documents originaux qui, je pouvais le constater, étaient bien de la paperasserie commerciale. Soudain, une phrase me sauta aux yeux et me fit oublier la recherche scrupuleuse de l'historien français sur le perfide assassinat du frère de Charles VI de France, ordonné par le duc de Bourgogne, Jean sans Peur. A la fin de la dernière page, on pouvait lire ces mots, libellés à l'encre verte d'une main un peu plus ferme : « Écrit par Maqroll el Gaviero pendant sa remontée du fleuve Xurando. Remettre à Flor Estevez quel que soit l'endroit où elle se trouve. Hôtel de Flandres, Antwerpen. » Comme le livre était abondamment souligné et comportait un grand nombre de notes écrites avec le même crayon, il était facile d'en déduire que notre homme, afin de ne pas se séparer de ces feuilles, avait préféré les ranger dans la pochette conçue à des fins plus importantes et plus académiques.

Tandis que les pigeons continuaient de souiller la noble sculpture de conquistador de Majorque et gendre du Cid, j'entrepris de lire les feuilles bigarrées sur lesquelles, comme dans un journal, el Gaviero avait consigné ses mésaventures, ses souvenirs, ses réflexions, ses rêves et ses chimères, alors qu'il remontait le courant d'un des nombreux fleuves qui naissent dans la montagne pour se perdre dans la pénombre végétale de l'immensurable forêt. L'écriture de certains passages était plus fine, et il était facile d'en déduire que les vibrations du moteur de l'embarcation d'el Gaviero étaient responsables de ce tremblement qu'au début j'avais attribué aux fièvres qui, sous ces climats, sont aussi fréquentes que rebelles à tout médicament et à tout soin.

Le Journal d'el Gaviero, de même que tous ses

écrits laissés en témoignage d'un destin qui lui a toujours été adverse, est un mélange indéfinissable des genres les plus divers : il va de la narration triviale de faits quotidiens à l'énumération des préceptes hermétiques de ce que j'imagine être sa philosophie de la vie. Tenter de corriger ses fautes eût été d'une fatuité naïve et eût bien peu ajouté à son intention première de consigner, jour après jour, les expériences d'un voyage dont la monotonie et l'inutilité étaient sans doute rompues par ce travail de chroniqueur.

Il m'a semblé, par ailleurs, d'une équité élémentaire que ce Journal porte le nom de l'endroit où Maqroll bénéficia, durant un long laps de temps, d'un calme relatif et des soins de Flor Estevez, la patronne des lieux et la femme qui, le mieux, sut le comprendre et partager la dimension excessive de ses rêves et le difficile enchevêtrement de son existence.

J'ai pensé également qu'il serait intéressant, pour les lecteurs de ce Journal, d'avoir à leur disposition d'autres informations sur Maqroll, liées, d'une façon ou d'une autre, aux personnes et aux événements cités dans son récit. C'est pourquoi j'ai réuni, à la fin de cet ouvrage, quelques articles sur notre personnage parus dans des publications antérieures et qui me semblent occuper ici la place qui leur revient.

Journal d'el Gaviero

15 mars

Les informations que je possédais indiquaient qu'une bonne partie du fleuve était navigable jusqu'au pied de la Cordillère. Naturellement, c'est inexact. Nous voyageons sur une embarcation à fond plat munie d'un moteur Diesel qui lutte contre le courant avec un entêtement asthmatique. A l'avant, il y a une bâche en toile soutenue par des piquets de fer où sont accrochés des hamacs, deux à bâbord et deux à tribord. Les autres passagers, lorsqu'il y en a, s'entassent au milieu du bateau, sur un tapis de palmes qui les protège du plancher métallique brûlant. Leurs pas résonnent dans la cale vide comme un écho fantomatique et grotesque. A tout moment nous nous arrêtons pour renflouer la chaloupe échouée sur un de ces bancs de sable qui se forment soudain pour disparaître ensuite au gré du courant. Nous occupons, moi et un autre passager monté lui aussi à Port d'Espagne, deux des quatre hamacs; les deux autres sont pour le mécanicien et le lamaneur. Le capitaine dort à l'arrière, sous un parasol de plage multicolore qu'il fait tourner selon la position du soleil. Il est toujours dans un état de semi-ébriété habilement maintenu grâce à des doses régulières qu'il administre de façon à ce que ne le quitte jamais cet état d'âme où l'euphorie alterne avec une torpeur somnolente qui à aucun moment ne l'abat tout à fait. Ses ordres n'ont aucun rapport avec notre route et nous plongent dans une perplexité agaçante : « Haut les cœurs! Gare à la brise! A cœur vaillant rien d'impossible! L'eau est à nous! Brûlez la sonde! » et ainsi de suite, toute la journée et une bonne partie de la nuit. Ni le mécanicien, ni le lamaneur ne s'inquiètent de cette litanie qui, d'une certaine façon, les tient éveillés et en alerte, et leur donne la dextérité nécessaire pour éviter les pièges continuels du Xurando. Le mécanicien est un Indien à ce point silencieux qu'on pourrait le croire muet, et qui ne communique que de temps en temps avec le capitaine, dans un galimatias difficile à traduire. Il a les pieds et le torse nus. Son pantalon de toile, couvert de taches de graisse, est attaché sous un ventre luisant et proéminent au milieu duquel une hernie ombilicale se dilate et se contracte au rythme de ses efforts pour maintenir le moteur en marche. Sa relation avec le moteur est un cas évident de transsubstantiation ; tous deux vivent et se fondent en un même objectif : faire avancer la chaloupe. Le lamaneur, quant à lui, est un de ces êtres qui possèdent une inépuisable capacité de mimétisme, et dont les traits, les gestes, la voix et autres caractéristiques personnelles ont atteint un degré d'inexistence à ce point parfait qu'ils ne parviennent jamais à s'incruster dans la mémoire. Ses yeux touchent presque l'arête du nez et je ne me souviens de lui qu'en évoquant le sinistre M. Rigaud-Blandois de *La Petite Dorrit.* Cependant, cette comparaison, aussi inoubliable puisse-t-elle être, ne subsiste guère. Lorsqu'on observe le lamaneur, le personnage de Dickens s'évanouit. Étrange oiseau. Dans la partie du bateau protégée par la bâche, mon compagnon de voyage est un géant blond qui mâchonne quelques mots qu'un accent slave rend pratiquement incompréhensibles. Il est calme et fume sans arrêt des cigarettes pestilentielles que le lamaneur lui vend à un prix prohibitif. J'apprends qu'il se rend là où je vais moi-même : à la factorerie où l'on conditionne le bois qui descendra sur ce même fleuve et dont je suis censé organiser le transport. Le mot factorerie provoque l'hilarité de l'équipage, ce qui n'est guère pour me faire plaisir et m'emplit d'un doute pour le moins déconcertant. La nuit, nous nous éclairons avec une lampe Coleman sur laquelle viennent s'écraser de grands insectes aux couleurs et aux formes si diverses que j'ai parfois l'impression que quelqu'un organise leur défilé selon un but didactique que je ne peux discerner. Je lis à la lumière des effilochures du tissu incandescent jusqu'à ce que le sommeil m'abatte, comme une drogue à l'effet immédiat. L'inconséquente légèreté du duc d'Orléans m'occupe encore un instant, puis je tombe dans un implacable assoupissement. Le rythme du moteur change à chaque instant, ce qui nous maintient dans un état de constante incertitude. Il est à craindre que d'un moment à l'autre il s'éteigne définitivement. Le courant devient de plus en plus capricieux et indomptable. Tout ceci est absurde et je n'en finirai jamais de savoir pourquoi je me suis embarqué dans cette aventure. Il en va toujours de même au début de mes voyages. Plus tard, survient l'indifférence bienfaitrice qui répare tout. Je l'attends avec impatience.

18 mars

Ce que je craignais depuis quelque temps est arrivé : l'hélice a buté sur un fond de racines et l'axe qui la soutient s'est tordu. La vibration est devenue inquiétante. Nous avons dû accoster sur une grève d'ardoise d'où monte un relent végétal douceâtre et pénétrant. Jusqu'à ce que je persuade le capitaine qu'on ne pourrait redresser l'axe qu'en le chauffant, l'équipage s'est évertué pendant plusieurs heures à effectuer les manœuvres les plus stupides et les plus imprévisibles au milieu d'une chaleur soporifique. Un nuage de moustiques s'est installé au-dessus de nous. Par chance, nous sommes tous immunisés contre ce genre de fléau, sauf le géant blond qui supporte l'assaut avec dans les yeux une colère contenue, comme s'il ne savait pas d'où provient le supplice qui l'assaille.

A la tombée du jour, une famille d'Indiens s'est approchée : un homme, une femme, un petit garçon de six ans environ et une petite fille de quatre ans. Ils étaient complètement nus. Ils sont demeurés là, regardant le feu avec une indifférence de reptiles. L'homme et la femme sont l'un comme l'autre d'une beauté irréprochable. Il a les épaules larges et ses membres, bras et jambes, se meuvent avec une lenteur qui révèle mieux encore l'harmonie des proportions. La femme, aussi grande que l'homme, a des seins opulents mais fermes et ses cuisses s'achèvent sur des hanches étroites, arrondies avec grâce. Une légère couche de graisse recouvre tout leur corps et gomme les angles formés par les jointures et les articulations. Tous deux ont les cheveux coupés en forme de calotte, durcis et lissés avec une substance végétale qui les teint en noir ébène et les fait briller sous les derniers éclats du soleil couchant. Ils posent quelques questions dans leur langue mais personne ne les comprend. Leurs dents sont limées et pointues et leur voix ressemble au roucoulement sourd d'un oiseau endormi. La nuit venue, nous sommes parvenus à redresser l'axe de l'hélice, mais nous ne pourrons la remettre en place que demain. Les Indiens ont attrapé quelques poissons près de la rive et sont allés les manger à l'autre bout de la plage. Le murmure de leurs voix enfantines a duré jusqu'à l'aube. J'ai lu jusqu'à pouvoir trouver le sommeil. De toute la nuit la chaleur n'a pas diminué et, allongé dans mon hamac, j'ai pensé longuement aux sottes indiscrétions du duc d'Orléans et à certains traits de son caractère qui se sont répétés chez d'autres membres de la *branche cadette* *, plusieurs fois éteinte, avec les mêmes tendances à la félonie, aux aventures galantes, au vil plaisir de la conspiration, à la soif de lucre, et à la perfidie intarissable. Il conviendrait de réfléchir un peu aux raisons pour lesquelles de telles constantes apparaissent de manière implacable, presque jusqu'à nos jours, dans la conduite de ces princes d'origine si différente. L'eau frappe le fond métallique et plat en un bouillonnement monotone et, pour une raison incompréhensible, consolateur.

* En français dans le texte.

21 mars

Le lendemain matin, toute la famille est montée dans la chaloupe. Tandis que nous nous débattions sous l'eau pour remettre l'hélice, ils sont restés debout sur le plancher recouvert de palmes et sont demeurés là toute la journée sans bouger, sans prononcer un mot. Le corps de l'homme, pas plus que celui de la femme, ne possède le moindre duvet. Elle montre son sexe, ouvert comme un fruit tout juste éclos, et lui le sien, avec le long prépuce qui finit en pointe. On dirait une corne ou un éperon, un objet complètement étranger à toute idée sexuelle et sans la moindre connotation érotique. Parfois ils sourient en montrant leurs dents aiguisées et leur sourire perd alors toute expression de cordialité ou de simple convivialité.

Le lamaneur m'explique qu'il est fréquent, dans cette région, que les Indiens voyagent sur le fleuve dans les embarcations des Blancs. Ils n'ont pas l'habitude de donner d'explications et ne disent jamais où ils vont. Un jour ils disparaissent comme ils sont venus. Ils ont un caractère paisible et ne prennent jamais rien qui ne leur appartienne ni ne partagent leur nourriture avec le reste des passagers. Ils mangent des herbes, du poisson cru et des reptiles qu'ils ne cuisent pas non plus. Certains montent sur les bateaux, armés de flèches aux pointes trempées dans le curare, ce poison instantané dont la préparation est un secret qu'ils n'ont jamais révélé.

Cette nuit, alors que je dormais profondément, une odeur de limon en décomposition m'a soudain pris à la gorge, une odeur de serpent en chaleur, un remugle envahissant, douceâtre, insupportable. J'ai ouvert les yeux. L'Indienne me regardait fixement et me souriait avec une malice qui avait quelque chose de carnivore et relevait en même temps d'une innocence nauséabonde. Elle a posé sa main sur mon sexe et a commencé à me caresser. Elle s'est allongée à côté de moi. En la pénétrant, j'ai senti que je m'enfonçais dans une cire insipide qui se laissait faire sans opposer de résistance, immobile, placide, végétale. La proximité de ce corps mou qui ne me rappelait en rien le contact des formes féminines rendait de plus en plus intense l'odeur qui m'avait réveillé. Une nausée irrépressible montait en moi. Je me suis hâté de finir, pour ne pas avoir à me retirer et à vomir sans être allé jusqu'au bout. L'Indienne s'est éloignée en silence. Entre-temps, dans le hamac voisin, l'Indien, enlacé au corps du Slave, pénétrait celui-ci en poussant un très léger cri d'oiseau en danger. Puis le géant l'a pénétré à son tour et l'Indien a continué de pousser son gémissement inhumain. Je me suis dirigé vers l'arrière et me suis lavé comme j'ai pu pour essayer d'ôter l'immonde couche de boue pourrie qui collait à mon corps. J'ai vomi avec soulagement. De temps en temps me monte encore au nez cette haleine fétide qui, je le crains, n'est pas près de m'abandonner.

Ils sont restés au milieu de la barque, debout, le regard perdu, fixant la cime des arbres, mâchant sans répit une pâte à base de feuilles semblables à celles du laurier, mélangées à du poisson ou du lézard, animaux qu'ils capturent avec une habileté remarquable. Hier soir, le Slave a mis l'Indienne dans son hamac, et ce matin il s'est réveillé une fois encore avec l'Indien qui dormait dans ses bras. Le capitaine les a séparés, non par pudeur mais, a-t-il expliqué d'une voix bredouillante, parce que le reste de l'équipage pourrait suivre son exemple, ce qui ne manquerait pas de compliquer sérieusement les choses. Le voyage est long, a-t-il poursuivi, et la forêt exerce un pouvoir incontrôlable sur la conduite de ceux qui n'y sont pas nés. Elle les rend irritables et provoque en général des accès de délire qui ne sont pas sans danger. Le Slave a murmuré je ne sais quelle explication que je ne suis pas parvenu à entendre puis est retourné dans son hamac après avoir bu une tasse de café offerte par le lamaneur qu'il a dû, j'en ai le sentiment, connaître autrefois. Je me méfie de l'obéissante mansuétude de ce géant, dans les yeux duquel pointe parfois l'ombre d'une démence triste et lasse.

24 mars

Nous sommes arrivés au bord d'une grande clairière. Après tant de jours, nous apercevons enfin le ciel et les nuages qui se déplacent avec une lenteur bienfaitrice. La chaleur est plus intense, mais elle ne nous écrase pas de son accablante densité qui, sous le dôme vert des grands arbres et dans la pénombre immuable, la transforme en un élément qui nous consume avec une obstination implacable. Le bruit du moteur se perd dans les hauteurs et la chaloupe glisse sans que nous sentions son combat désespéré contre le courant. Quelque chose qui ressemble au bonheur s'est installé en moi. Il est facile de discerner aussi chez les autres une sensation de soulagement. Pourtant, dans le lointain, se profile de nouveau l'obscure muraille végétale qui, dans quelques heures, nous engloutira.

Ce paisible intermède ensoleillé et ce silence relatif m'ont permis d'examiner les raisons qui m'ont poussé à entreprendre ce voyage. L'histoire du bois, je l'ai entendue pour la première fois dans la Cordillère, à La Neige de l'Amiral, l'établissement de Flor Estevez. Je vivais avec elle depuis plusieurs mois, soignant la plaie qu'avait laissée sur ma jambe la piqûre d'une mouche venimeuse des mangliers du delta. Flor me traitait avec une tendresse distante mais authentique, et la nuit nous faisions l'amour non sans une certaine incommodité à cause de ma jambe estropiée, et emportés cependant par le sentiment d'être en train de nous guérir et de nous remettre de malheurs que l'un et l'autre portions comme un fardeau écrasant. Je crois avoir déjà parlé de l'établissement de Flor et de mon séjour sur le plateau dans des récits antérieurs. Un jour, nous avons vu arriver un camion, conduit par son propriétaire, et transportant un chargement de vaches achetées dans les plaines; l'homme nous a raconté une histoire de bois que l'on pouvait acheter dans une scierie située en bordure de la forêt vierge, puis transporter sur le Xurando et revendre à un prix beaucoup plus élevé aux garnisons installées sur les rives du grand fleuve. Ma plaie guérie, et avec l'argent que m'a donné Flor, je suis descendu vers la forêt non sans redouter que cette affaire n'ait quelque chose d'aléatoire. Le froid de la Cordillère, le brouillard permanent qui s'effilochait telle une procession de pénitents entre la végétation naine et duvetée de ces parages, avaient éveillé en moi le besoin subit de m'enfoncer dans l'ardent climat des basses terres. Je rendis, sans l'avoir signé, le contrat qui devait me permettre d'acheminer jusqu'à Anvers un cargo battant pavillon tunisien et ayant besoin de quelques réparations et modifications avant d'être transformé en bananier, et j'alléguai quelques explications maladroites qui intriguèrent sans doute les propriétaires, de vieux amis, camarades d'heurs et de malheurs, que je ne manquerai pas d'évoquer en temps voulu.

En montant dans la chaloupe, j'ai mentionné la scierie mais personne n'a pu me donner une idée précise de l'endroit où elle se trouve, ni me dire si elle existe réellement. Il en va toujours de même avec moi : les entreprises dans lesquelles je me lance sont marquées au signe de l'imprécision, de la malédiction de mouvements prétendument astucieux. Et me voici en train de remonter ce fleuve comme un sot, sachant à l'avance ce qu'il adviendra de tout cela. Je me retrouverai dans la forêt, où rien ne m'attend, où la monotonie et la touffeur de grottes à iguanes me font mal et me rendent triste. Loin de la mer, sans femmes, parlant une langue d'abrutis. Et pendant ce temps, mon cher Abdul Bashur, compagnon de tant de nuits passées sur les rives du Bosphore, de tant d'efforts inoubliables pour gagner de l'argent facile à Valence et à Toulon, m'attend ou me croit peut-être mort. Je suis au plus haut point intrigué par la manière dont ma vie est une répétition d'échecs, de décisions erronées au départ, de voies sans issue qui, mis bout à bout, seraient tout compte fait l'histoire de mon existence. Une vocation fervente pour le bonheur sans cesse trahi, chaque jour détourné, conduisant inlassablement et nécessairement à de misérables échecs, tous étrangers à ce qui, je le sais au plus profond de mon être, devrait s'accomplir, n'était mon attirance pour une incessante défaite. Qui peut comprendre cela? Nous allons de nouveau pénétrer dans le tunnel vert de la jungle sombre et menaçante, de nouveau je perçois sa maudite odeur de sépulcre tiède et fade.

27 mars

Ce matin, alors que nous accostions pour débarquer plusieurs bidons d'insecticides dans un hameau occupé par des militaires, les Indiens nous ont quittés. J'ai appris que mon voisin de hamac s'appelle Ivar. Le couple lui a dit adieu depuis la rive en pépiant : « Ivar, Ivar », tandis que celui-ci souriait avec une douceur de pasteur protestant. A la nuit tombante, alors que nous étions étendus dans nos hamacs et que pour éviter les insectes, nous n'avions pas encore allumé la Coleman, je lui ai demandé en allemand d'où il venait et il m'a répondu de Pärnu, en Estonie. Nous avons bavardé une partie de la nuit, échangeant des souvenirs, évoquant quelques aventures dans des lieux qui nous sont à tous deux familiers. Comme bien souvent, la langue révèle une personnalité totalement différente de celle que nous avions imaginée. Ivar me donne l'impression d'être un homme dur, cérébral et froid, doté d'un mépris extrême pour ses semblables mais le dissimulant sous des formules dont il est le premier à dénoncer l'imposture. Un homme très prudent. Ses opinions et ses commentaires sur l'épisode érotique avec le couple d'Indiens sont un véritable traité de cynisme glacial de la part d'un être qui a perdu non pas toute pudeur ou toute notion des convenances, mais la tendresse la plus élémentaire et la plus primaire. Il m'a dit qu'il allait lui aussi jusqu'à la scierie. Lorsque je l'ai appelée factorerie, il s'est lancé dans une explication confuse sur les installations, ce qui m'a plongé plus encore dans le découragement et l'incertitude. Qui sait ce qui m'attend dans ce trou au pied de la Cordillère? Ivar. Plus tard, dans mon sommeil, j'ai compris pourquoi ce prénom m'était si proche. Ivar, le mousse poignardé à bord du *Morning Star,* sacrifié par un contremaître qui affirmait qu'il lui avait volé sa montre lorsqu'ils étaient descendus ensemble dans un bordel à Pointe-à-

Pitre. Ivar, qui récitait des strophes entières de Kleist et qui portait avec fierté, les nuits où il faisait froid, un chandail tricoté par sa mère. Dans mon rêve, il me recevait avec son habituel sourire, chaleureux et innocent, et tentait de m'expliquer qu'il n'était pas l'autre, mon voisin de hamac. J'ai compris d'emblée son inquiétude et l'ai rassuré en lui disant que je le savais fort bien et qu'il n'y avait aucune confusion possible. L'aube est à peine levée et j'écris en profitant de la relative fraîcheur. La longue enquête sur l'assassinat du duc d'Orléans commence à m'ennuyer. Dans ce climat, seuls les appétits les plus élémentaires et les plus sordides subsistent, se frayant un chemin dans cette mer d'imbécillité qui nous envahit sans remède.

Mais en réfléchissant quelque peu à cette succession d'échecs, à ces virages que j'ai fait prendre à mon destin avec la même constante maladresse, je m'aperçois soudain qu'une autre vie s'est déroulée à côté de moi, me frôlant sans que je le sache. Elle est là, continuant de s'écouler, somme de tous les moments où j'ai refusé de prendre une autre route, où j'ai ignoré la possibilité d'une autre issue. C'est ainsi que s'est formé le courant aveugle d'un destin second qui aurait pu être le mien et l'est, d'une certaine façon, mais sur cette autre rive où je n'ai jamais posé le pied et qui défile, parallèle à ma route quotidienne. Il m'est étranger et cependant il charrie tous les rêves, toutes les chimères, tous les projets, toutes les décisions qui m'appartiennent autant que cette agitation présente, et auraient pu être la matière d'une histoire qui se déroule aujourd'hui dans les limbes de l'éventualité. Une histoire semblable à celle-ci sans doute, mais faite de tout ce qui, ici, n'a pas été et là-bas continue d'être, se formant, coulant à mes côtés comme un sang irréel qui m'appelle et ignore cependant tout de moi. C'est-à-dire une histoire semblable à celle-ci dans la mesure où j'aurais pu en être aussi le protagoniste et l'imprégner de mon anxiété habituelle et maladroite, mais tout à fait différente quant à ses événements et ses personnages. Lorsque ma dernière heure viendra c'est, je crois, cette autre vie qui défilera devant moi, me donnant le sentiment de quelque chose à jamais perdu, et non celle-ci, réelle et accomplie, dont la matière ne mérite pas même ce coup d'œil ni cette révision tardive et conciliante, parce qu'elle n'en vaut pas la peine et parce que je ne veux pas qu'elle soit la vision qui soulagera mon dernier instant. Ou mon premier. Voilà un beau sujet de méditation pour plus tard. L'énorme papillon noir qui frappe de ses ailes velues le globe en verre de la lampe, paralyse mon attention et me plonge dans une panique soudaine, insupportable, démesurée. J'attends, trempé de sueur, qu'il renonce à voleter autour de la lumière et s'enfuie dans la nuit d'où il est venu et à laquelle il appartient avec tant de perfection. Ivar, sans même s'apercevoir de ma paralysie passagère, éteint le manchon de la lampe et sombre dans le sommeil en respirant profondément. J'envie son indifférence. Y a-t-il, dans un obscur recoin de son être, une brèche où se cache une frayeur inconnue? Sans doute pas. C'est bien pourquoi il est redoutable.

2 avril

De nouveau nous sommes échoués sur les bancs de sable qui se sont formés d'un moment à l'autre tandis que nous accostions pour réparer une avarie. Hier, deux soldats atteints de malaria et qui vont jusqu'au poste frontière pour se faire soigner, sont montés à bord. Couchés à même les palmes, ils grelottent de fièvre. Leurs mains ne lâchent pas les fusils qui cognent avec une régularité monotone sur le plancher métallique.

J'établis, conscient de leur candide inutilité, quelques règles de vie. C'est un de mes exercices favoris. Grâce à elles je me sens mieux et je crois pouvoir mettre un peu d'ordre en mon for intérieur. De vieux vestiges du collège des jésuites, qui ne servent ni ne mènent à rien, mais qui ont une propriété curative bienfaisante et me servent de refuge lorsque je sens les fondations vaciller. Voyons un peu :

Méditer sur le temps, essayer de savoir si le passé et l'avenir ont une valeur et existent réellement, nous mène jusqu'à un labyrinthe qui, bien que familier, n'en est pas moins impénétrable.

Nous changeons jour après jour, mais nous oublions toujours qu'il en va de même pour nos semblables. C'est peut-être ce que les hommes appellent solitude. Oui, c'est cela, ou alors il s'agit d'une superbe imbécillité.

Lorsque nous mentons à une femme, nous sommes de nouveau l'enfant perdu qui n'a aucun refuge dans son désarroi. La femme, telles les plantes, telles les tempêtes de la forêt vierge, tel le fracas des eaux, se nourrit des plus obscurs desseins du ciel. Mieux vaut le savoir tôt. Sinon, de terribles surprises nous attendent.

Un coup de couteau dans un corps endormi. Les lèvres nettes de la plaie qui ne saigne pas. Vertige, râle, quiétude finale. Ainsi en va-t-il de certaines vérités que la vie nous assène, l'indéchiffrable, l'indubitable, l'errante et indifférente vie.

Il faut payer certaines choses, de certaines autres, nous demeurons débiteurs. Du moins le croyons-nous. Le piège se cache dans le « il faut ». Nous payons et nous sommes toujours en dette et bien souvent nous ne le savons même pas.

Des éperviers criant au-dessus des précipices et tournoyant à la recherche d'une proie sont la seule image qui me vient à l'esprit pour évoquer les hommes qui jugent, légifèrent, gouvernent. Maudits soient-ils.

Une caravane ne symbolise ni ne représente rien. Notre erreur consiste à penser qu'elle va quelque part ou qu'elle vient d'ailleurs. La signification de la caravane s'épuise dans son déplacement même. Les animaux qui en font partie le savent, les hommes l'ignorent. Il en sera toujours ainsi.

Retourner le couteau dans la plaie. Une affaire d'hommes, une tâche bâtarde qu'aucun animal ne serait capable d'accomplir. Sottise de prophètes et de charlatans fatidiques. Mauvais exemple, que cependant l'on écoute et l'on suit.

Tout ce que nous disons sur la mort, tout ce que l'on peut broder autour d'elle, n'est qu'un travail stérile, entièrement inutile. Ne vaudrait-il pas mieux se taire une fois pour toutes et attendre? Ne le demande pas aux hommes. Au fond, ils doivent avoir besoin de la Parque. Peut-être même sont-ils exclusivement soumis à son emprise.

Un corps de femme sur lequel court l'eau des ravines, ses petits cris de surprise et de joie, ses membres qui s'ébattent dans l'écume charriant les fruits rouges du café, la pulpe de la canne à sucre, les insectes qui luttent pour sortir du courant : voilà une leçon de bonheur qui ne se répétera jamais.

Au krak des chevaliers de Rhodes, dont les ruines s'élèvent sur une hauteur près de Tripoli, une tombe anonyme porte cette inscription : « Ce n'était pas ici. » Il n'y a de jour que je ne médite ce mot. Ils sont si évidents et en même temps contiennent tout le mystère qu'il nous est donné de souffrir.

Oublions-nous vraiment une grande partie de ce qui nous arrive? Ne serait-ce pas plutôt que cette portion de notre passé, telle une semence, un encouragement anonyme, nous aide à repartir vers un destin que nous avions sottement abandonné? Maigre consolation. Oui, nous l'oublions. Et c'est bien qu'il en soit ainsi.

Débiter les unes après les autres ces sages sentences d'almanach, quincaillerie futile née de l'oisiveté et de l'attente forcée d'un changement d'humeur du courant, ne sert, au bout du compte, qu'à me dépouiller plus encore de l'énergie nécessaire pour affronter le travail mortifère de ce climat maudit. Je retourne à la liste et aux maigres biographies de ceux qui attaquèrent le duc d'Orléans dans cette encoignure obscure de la rue Vieille-du-Temple et m'enquiers de leur châtiment ultérieur aux mains de Dieu ou des hommes; car il y eut de tout.

7 avril

Avant-hier, un des soldats est mort. Les bancs de sable venaient de se diluer et on avait remis le moteur en marche lorsque les coups frappés par l'un des fusils cessèrent soudain. Le lamaneur m'appela pour que je l'aide à examiner le corps qui gisait, immobile, les yeux fixés sur l'épaisseur de la forêt, au milieu d'une flaque de sueur qui détrempait les feuilles de palmier.

Son compagnon avait pris le fusil et observait le mort sans dire un mot.

– Il faut l'enterrer sans plus attendre, a déclaré le lamaneur sur le ton de quelqu'un qui sait ce qu'il dit.

– Non, a répondu le soldat, je dois l'emmener jusqu'au poste. Ses affaires sont là-bas et le lieutenant doit dresser le procès-verbal.

Le lamaneur n'a pas répondu mais il était évident que le temps allait lui donner raison. En effet, aujourd'hui nous avons accosté pour enterrer le corps monstrueusement gonflé, dont le relent fétide avait attiré un nuage de charognards. Le roi de la bande, un superbe vautour noir comme du jais, à la gorge orangée et à l'opulente couronne de plumes roses, s'était installé sur un des piquets soutenant la bâche. Il clignait des yeux, montrant une membrane bleu ciel qui se fermait avec la régularité d'un obturateur photographique. Nous savions que, tant qu'il ne donnerait pas le premier coup de bec, les autres ne s'approcheraient pas. Lorsque nous avons creusé la tombe, à la limite du banc de sable et de la forêt, il nous a regardés du haut de sa tour de guet, avec une dignité qui n'était pas exempte de mépris. Il faut reconnaître que la beauté du monstrueux animal était à ce point imposante que sa présence ajoutait à la hâte des funérailles un air héraldique, une fierté militaire concordant avec le silence des lieux, à peine interrompu par le clapotis du courant contre le fond plat de la barque.

Nous traversons une région où les clairières se succèdent avec une exactitude telle qu'on les croirait l'œuvre des hommes. Le fleuve est une eau dormante et c'est à peine si l'on remarque la résistance du courant à notre avance. L'autre soldat a survécu à la crise et avale ses blanches pastilles de quinine avec une résignation toute militaire. Il prend soin des deux armes qu'il ne lâche jamais et bavarde avec nous sous le parasol du capitaine, nous racontant des histoires de postes avancés, la vie des soldats dans le pays frontalier et comment les bagarres dans les cantines, les jours de fêtes, finissent toujours de part et d'autre par plusieurs morts que l'on enterre avec les honneurs militaires comme s'ils étaient tombés dans l'accomplissement du devoir. Il a la malice des hommes de la région, siffle les *s* et parle avec cette vélocité particulière qui rend les phrases difficiles à comprendre tant que l'on n'est pas habitué au rythme d'une langue qui sert plus à occulter qu'à communiquer. Lorsque Ivar lui demande certains détails sur le poste frontière et plus particulièrement sur l'équipement dont il dispose ou le nombre de conscrits qu'il héberge, le soldat ferme à demi les yeux et, avec un sourire malin, répond quelque chose qui n'a rien à voir avec la question posée. De toute façon, il ne semble pas éprouver une grande sympathie à notre endroit et je crois qu'il ne nous pardonne pas d'avoir enterré son compagnon sans son consentement. Mais il y a une autre raison, plus simple celle-ci : comme toute personne qui a reçu une formation militaire, il tient les civils pour une espèce encombrante et maladroite qu'il faut protéger et tolérer. Toujours compromis dans des affaires louches et des entreprises d'une sottise flagrante, les civils ne savent ni commander ni obéir, c'est-à-dire qu'ils ne savent pas vivre dans ce monde sans semer le désordre et l'inquiétude. Et il nous le fait sentir à chaque instant jusque dans le plus insignifiant de ses gestes. Au fond, il me rend jaloux, et bien que j'essaie tout le temps de miner son inexpugnable système, force m'est bien de reconnaître que celui-ci le préserve des ravages perfides de la forêt dont les effets commencent à se manifester sur nous avec une évidence funeste.

Les repas que prépare le lamaneur sont simples et monotones : du riz transformé en une pâtée informe, des haricots avec de la viande séchée et des bananes frites. Puis une tasse de quelque chose qui prétend être du café, en fait une eau sale au goût indéfinissable, avec des morceaux de sucre marron qui laissent au fond de la tasse un sédiment inquiétant, mélange d'ailes d'insectes, de résidus végétaux et de débris d'origine douteuse. Il n'y a jamais d'alcool. Seul le capitaine porte sur lui une gourde d'eau-de-vie dont il boit quelques gorgées avec une implacable régularité, mais qu'il ne tend jamais aux autres voyageurs. D'ailleurs, personne n'a envie de boire cette décoction qui, à en juger par l'haleine de son consommateur, doit être une distillation de la canne à sucre de la plus mauvaise qualité, produite en contrebande dans quelque village de province, et dont les effets sautent aux yeux.

Après le dîner, lorsque le soldat eut terminé ses histoires, tout le monde s'est dispersé. Je suis resté à l'avant dans l'attente d'un peu d'air frais. Le capitaine, les jambes pendant par-dessus le bastingage, fumait la pipe. Il paraît que la fumée éloigne les moustiques, ce qui, dans ce cas précis, n'est guère pour me surprendre étant donné la mauvaise qualité de ce qu'il fume et l'arôme aigre qui ne rappelle en rien celui du tabac. L'homme était communicatif, chose peu fréquente chez lui. Il a commencé à me raconter son histoire, comme si, par un processus d'osmose très courant pendant les voyages, la loquacité du soldat lui avait dénoué la langue. Ce que j'ai pu tirer au clair de ce monologue décousu, prononcé d'une voix rocailleuse, où s'intercalaient de longs discours sinueux et dénués de sens, a capté mon attention. Certains épisodes me semblaient familiers et auraient pu appartenir à certaines époques de mon propre passé.

Il était né à Vancouver. Son père avait été mineur puis pêcheur. Sa mère était une Peau-Rouge qui s'était enfuie avec son père. Les frères de sa mère les avaient poursuivis tous les deux pendant des semaines jusqu'au jour où son père avait obtenu d'un de ses amis taverniers qu'il les soûle. Il les attendait dehors et lorsqu'ils sortirent de l'établissement, il les tua. L'Indienne approuva la conduite de son homme et ils se marièrent quelques jours plus tard dans une mission catholique. Le couple menait une vie nomade. Lorsque leur enfant naquit, ils le confièrent aux soins des sœurs de la mission. Un jour, ils ne revinrent pas. Lorsqu'il eut quinze ans, le garçon s'enfuit et commença à travailler comme gâte-sauce sur des bateaux de pêche. Plus tard, il embarqua sur un pétrolier qui transportait du combustible en Alaska. Sur le même bateau il se rendit aux Caraïbes et, pendant plusieurs années, il fit la liaison entre Trinidad et les villes côtières du continent, transportant du kérosène pour les avions. Le capitaine du bateau se prit d'affection pour le jeune homme et lui enseigna quelques rudiments de navigation. C'était un Allemand à qui il manquait une jambe et qui avait été commandant d'un sous-marin. Il n'avait pas de famille et tôt le matin il commençait à boire un mélange de champagne et de bière légère qu'il accompagnait de sandwichs de pain noir aux harengs, au roquefort, au saumon ou aux anchois. Un matin on le retrouva mort allongé par terre dans sa cabine avec, serrée dans sa main, la croix de fer qu'il cachait sous son oreiller et montrait avec fierté au plus fort de ses soûleries. Commencèrent alors pour le jeune homme de longues pérégrinations à travers les Antilles, jusqu'au jour où il accosta à Paramaribo. Là, il se mit en ménage avec la patronne d'un bordel, une métisse qui avait du sang noir, hollandais et indien. Elle était immensément grosse, d'un caractère jovial, et fumait sans arrêt de fins petits cigares confectionnés par les pensionnaires de la maison. Elle adorait les cancans et conduisait ses affaires avec un talent admirable. Le marin s'habitua au rhum servi avec du sucre et du citron. Il surveillait trois tables de billard qui se trouvaient à l'entrée de l'établissement, pour distraire les autorités plus que pour plaire aux clients. Plusieurs années passèrent; le couple s'entendait bien et se complétait de façon si exemplaire qu'il devint une institution citée en exemple dans toutes les îles. Un jour, une jeune Chinoise commença à travailler dans la maison. Ses parents l'avaient vendue à la maîtresse et avec l'argent, étaient partis s'installer en

Jamaïque. Ils lui envoyèrent deux ou trois cartes postales, puis on n'entendit plus parler d'eux. La nouvelle pensionnaire n'avait pas seize ans, elle était menue et silencieuse, et c'est à peine si elle savait quelques mots en papiamento *. Notre homme la remarqua et prit l'habitude de l'emmener dans sa chambre, sous le regard tolérant et distrait de la matrone. Il conçut une telle passion pour la petite Chinoise qu'il s'enfuit avec elle, en emportant les quelques bijoux de la propriétaire et le peu d'argent qu'il y avait dans la caisse du billard. Ils bourlinguèrent quelque temps dans les Caraïbes, puis partirent pour Hambourg sur un cargo suédois où il avait réussi à se faire embaucher comme aide-mécanicien. A Hambourg ils dépensèrent le peu d'argent qu'ils avaient réussi à économiser. Elle trouva une place dans un cabaret de Sankt-Pauli où on l'engagea pour faire un numéro de callisthénie érotique avec deux autres femmes. Elles se produisaient toutes trois sur une petite scène et pendant de longues heures exécutaient une inépuisable pantomime qui excitait la clientèle alors

* Dialecte du Curaçao, l'île la plus grande des Antilles néerlandaises.

qu'elles-mêmes étaient absentes, un sourire d'automate figé sur leur visage tandis que leur corps avait une élasticité de contorsionniste qui ignorait la fatigue. La Chinoise participait ensuite à un sketch où elle avait pour partenaires un Tartare gigantesque qui souffrait d'acromégalie et une clarinettiste chlorotique chargée de commenter musicalement la routine assignée au couple. Un jour, le capitaine – à cette époque on l'appelait ainsi – fut mêlé à une histoire de trafic d'héroïne et, pour ne pas tomber entre les mains de la police, il dut abandonner Hambourg et la Chinoise.

Le capitaine raconta ensuite une histoire indéchiffrable où figuraient Cadix et une affaire de petits fanions d'alphabet nautique qui, grâce à quelques imperceptibles altérations, permettaient aux bateaux qui transportaient des chargements illégaux de communiquer entre eux. Je n'ai pu savoir s'il s'agissait d'armes, de main-d'œuvre orientale ou d'uranium brut. Il y avait aussi une histoire de femmes. L'une d'elles finit par parler et la garde civile perquisitionna l'atelier où l'on fabriquait les fanions en question. Je n'ai pas compris comment l'homme avait pu s'échapper à temps. Il échoua à Belem do Pará. Là, il fit commerce de pierres semi-précieuses. Puis il remonta le fleuve où il se consacra à toutes sortes de transactions et plongea définitivement dans un alcoolisme sans rémission. Il avait acheté la chaloupe à une garnison qui vendait aux enchères du matériel obsolète ayant appartenu à la Marine, et commencé ainsi à s'enfoncer dans le réseau enchevêtré des affluents qui s'entrecroisent dans la forêt pour dessiner un labyrinthe délirant. Au milieu du brouillard qui paralyse ses facultés, il a conservé, pour une étrange raison qui échappe à toute logique, un infaillible sens de l'orientation, un pouvoir de commandement et une autorité sur ses subordonnés qui continuent d'éprouver à son endroit un mélange de crainte et de confiance démesurées, dont il profite sans scrupule et avec une patience madrée.

10 avril

Le climat commence peu à peu à se modifier. Nous devons approcher des contreforts de la Cordillère. Le courant se fait plus fort et le lit du fleuve se rétrécit. Le matin, le chant des oiseaux est plus proche et plus familier, et l'arôme de la végétation plus puissant. Nous émergeons de l'humidité cotonneuse de la jungle qui émousse les sens et déforme toute odeur, tout son, toute silhouette que nous tentons de percevoir. La nuit, souffle une brise moins ardente et plus légère, mais hier une vapeur languissante et poisseuse nous a empêchés de dormir. Ce matin, j'ai fait un rêve qui appartient à une série très spéciale. Il m'apparaît toutes les fois que je m'approche des terres chaudes, des plantations de caféiers, des bananeraies, des fleuves bouillonnants, des interminables et apaisantes pluies nocturnes. Ces rêves sont un prélude à la félicité et il émane d'eux une énergie particulière, une espèce d'anticipation du bonheur, éphémère il est vrai, car elle se transforme sur-le-champ en cette inévitable impression de défaite qui m'est si familière. Pourtant, cette rafale fugitive, qui m'autorise à prévoir des jours meilleurs, suffit à me réconforter au milieu de cet écroulement chaotique de projets et d'aventures malheureuses dont ma vie est faite. Je rêve que je participe à un moment historique, à la croisée du destin des nations, et qu'à l'instant critique, une opinion ou un conseil de ma part change complètement le cours des événements. Ma participation, dans le rêve, est si décisive et la solution que je propose si extraordinaire et si juste qu'elles m'insufflent cette sorte de confiance en mes pouvoirs qui balaie les ombres et me conduit vers la jouissance de ma propre plénitude, avec une intensité telle que, lorsque je me réveille, sa force restauratrice demeure en moi pendant plusieurs jours.

J'ai rêvé que je me trouvais avec Napoléon au lendemain de Waterloo, à Jemmapes ou dans ses environs, dans une maison de campagne de style flamand. L'empereur, en compagnie de quelques aides de camp et de plusieurs civils, fait les cent pas dans un petit boudoir où se trouvent quelques meubles disloqués.

Il me salue, l'esprit ailleurs, et poursuit sa marchc agitée. « Que pensez-vous faire, Sire? », lui dis-je sur le ton chaleureux et ferme de qui le connaît depuis longtemps. « Je me rendrai aux Anglais. Ce sont des soldats et des hommes d'honneur. L'Angleterre a toujours été mon ennemie. Les Anglais me respectent et seuls peuvent garantir ma sécurité et celle de ma famille. » « Ce serait une grave erreur, Majesté, dis-je avec la même fermeté. Les Anglais sont des gens qui n'ont ni parole ni honneur, et leur combat sur les mers n'est que piraterie cynique et pièges rusés. Leur condition d'insulaires les rend méfiants et ils voient un ennemi en chaque individu. » Napoléon sourit et me dit : « Auriez-vous oublié, par hasard, que je suis Corse? » Je me remets de la honte causée par mon oubli et continue de plaider en faveur d'une fuite vers l'Amérique du Sud ou les Caraïbes. Les personnes présentes participent à la discussion; l'empereur hésite et finalement adopte ma proposition. Nous partons pour un port qui ressemble à celui de Stockholm et de là nous nous embarquons pour l'Amérique du Sud sur un bateau à vapeur mû par une énorme roue latérale, mais qui a conservé toute sa voilure pour soutenir le travail des chaudières. Napoléon fait un ou deux commentaires sur la nouveauté de cet étrange navire et je lui raconte qu'en Amérique du Sud, ces embarcations existent depuis des années, qu'elles sont rapides et sûres, et que les Anglais ne pourront jamais nous rattraper. « Quel est le nom de ce bateau? » demande Napoléon avec une curiosité mêlée de crainte. « *Maréchal Sucre,* Sire », réponds-je.

« Qui était ce soldat? C'est la première fois que j'entends son nom. » Je lui raconte l'histoire du maréchal d'Ayacucho et son vil assassinat dans les montagnes de Berruecos. « Et c'est là que vous me conduisez? » m'apostrophe Napoléon, en me regardant avec une évidente méfiance. Il donne l'ordre de m'arrêter à ses officiers qui se précipitent aussitôt sur moi, au moment même où l'explosion des machines qui changent de régime les stupéfie et détourne leur regard vers la fumée noire et épaisse qui sort de la cheminée. Je me réveille. Pendant un moment demeurent, confondus, emmêlés, le soulagement d'être sain et sauf et la satisfaction d'avoir donné un conseil avisé à l'empereur, lui évitant ainsi les années d'humiliation et de misère à Sainte-Hélène. Ivar m'observe avec étonnement et je me rends compte que je ris d'une façon qui doit lui paraître inexplicable et inquiétante. Nous avons atteint les premiers rapides, qui sont presque imperceptibles. Le moteur doit redoubler d'efforts. C'est son bruit qui m'a réveillé. Le bateau tangue et se balance comme s'il s'étirait. Une bande de perroquets passe dans le ciel en émettant un charabia joyeux qui se perd dans le lointain, telle une promesse de bonheur et de disponibilité sans limites.

Le soldat annonce que nous arriverons bientôt au poste militaire. J'ai cru voir passer une rafale d'inquiétude, d'incertitude voilée, sur les visages du lamaneur et de l'Estonien. Quelque chose se trame entre ces deux compères en vue d'un mauvais coup ou de leur association dans une affaire louche. Profitant de ce que le capitaine était passablement lucide et qu'à l'arrière les deux compères parlaient à voix basse avec le soldat en s'aspergeant le visage avec de l'eau pour se rafraîchir, je lui ai demandé s'il savait quelque chose. Il m'a regardé longuement et s'est contenté de me dire :

– Un de ces jours, ils finiront à six pieds sous terre. On en sait sur eux plus qu'il ne faut. Ce n'est pas la première fois qu'ils font le voyage ensemble. Je pourrais leur régler leur compte maintenant, mais je préfère que d'autres s'en chargent. Ce sont de pauvres types. Ne vous inquiétez pas.

Étant donné que j'ai gâché une bonne partie de ma vie à cause de pauvres types comme eux, j'éprouve non pas de l'inquiétude mais un certain écœurement en voyant s'approcher un autre épisode de cette stupide histoire, toujours la même, qui ne fait que se répéter. L'histoire de ceux qui tentent de damer le pion à la vie, qui jouent aux plus malins, qui croient tout savoir et meurent la surprise peinte sur le visage : au dernier moment ils ont soudain la certitude que ce qui leur est arrivé, c'est précisément de ne rien avoir compris et de ne jamais avoir rien eu entre les mains. Une vieille histoire ; vieille et ennuyeuse.

12 avril

A midi, nous avons entendu le ronflement d'un moteur. Peu après, un hydravion Junker a commencé à tourner autour du bateau. C'est un modèle qui appartient à l'époque héroïque de l'aviation dans cette région, et j'étais loin de penser qu'il pût encore être en service. Il a six places et son fuselage est en tôle ondulée. Parfois le moteur se met à tousser et dans la crainte d'une avarie, l'hydravion rase alors la surface de l'eau. Un quart d'heure plus tard il s'est éloigné et a disparu, au grand soulagement du lamaneur et de son ami qui s'étaient montrés nerveux et sur leurs gardes tout le temps que l'appareil nous avait survolés. Nous avons pris notre repas et nous étions en train de faire la sieste lorsque le Junker a soudain amerri devant nous et s'est approché du bateau. Un officier en chemise kaki, sans képi ni galons réglementaires, a posé le pied sur les flotteurs et nous a fait signe de gagner la rive. Le geste était autoritaire et n'annonçait rien de bon. Nous avons obéi, suivis du Junker avec son moteur tournant à faible vitesse. Nous avons accosté et de l'avion sont descendus deux militaires qui ont aussitôt bondi dans la chaloupe. Ils portaient un revolver à la ceinture, aucun des deux n'avait de galons, mais à leur attitude et au ton de leur voix il était facile de comprendre que l'on avait affaire à des officiers. Le pilote avait gardé ses gants aux bouts déchirés, et sur sa chemise, les ailes d'argent de l'aviation militaire. Il est resté aux commandes tandis que les deux officiers nous donnaient l'ordre de montrer nos papiers et de ne pas bouger de dessous la bâche. Le soldat s'est placé immédiatement à côté de ses supérieurs et l'un d'eux a pris le fusil du mort. Celui qui nous avait donné l'ordre d'accoster a commencé à nous interroger; il tenait nos papiers dans sa main et ne les regardait même pas. Il était évident qu'il connaissait le capitaine et le mécanicien. Il a seulement demandé au premier où il allait. Celui-ci a répondu qu'il se rendait à la scierie et est allé se réfugier sous son parasol après avoir bu une gorgée au goulot de sa gourde. Le mécanicien est retourné à son moteur. L'interrogatoire du lamaneur et d'Ivar s'est avéré plus détaillé, et, à mesure que les réponses de ceux-ci devenaient plus vagues et leur crainte plus visible, l'autre officier et le soldat se sont avancés lentement de manière à se placer derrière les suspects, dans le but évident de les empêcher de sauter à l'eau. Après les avoir interrogés, l'officier s'est approché de moi, m'a demandé mon nom et l'objet de mon voyage. J'ai décliné mon identité mais le capitaine, me coupant la parole, a répondu à ma place :

– Il va avec moi à la scierie. On peut lui faire confiance.

L'officier ne me quittait pas des yeux et ne semblait pas avoir entendu le capitaine.

– Vous avez des armes? m'a-t-il demandé sur le ton sec de qui est habitué à commander.

– Non, ai-je répondu à voix basse.

– Non monsieur, même si c'est plus long,

a-t-il alors ajouté en serrant les lèvres. Vous avez de l'argent?

– Oui... monsieur, un peu.

– Combien?

– Deux mille pesos.

Il a compris que je lui mentais et m'a tourné le dos pour lancer un ordre :

– Faites monter ces deux-là dans l'avion.

Le lamaneur et l'Estonien ont esquissé un geste de résistance, mais lorsqu'ils ont senti le canon des fusils dans leur dos, ils ont obéi docilement. Ils allaient monter dans la cabine lorsque l'officier a crié :

– Attachez-leur les mains dans le dos, crétins!

– On n'a pas de quoi, mon major, a répondu l'autre officier comme pour s'excuser.

– Avec leurs ceintures, bordel!

Et tandis que le soldat les tenait en joue, l'officier a posé le fusil sur le sol de la cabine et attaché les deux détenus avec leur propre ceinture. Les postures grotesques des deux hommes pour empêcher leurs pantalons de tomber n'ont provoqué aucune réaction. Ils sont montés dans l'hydravion et le pilote s'est assis aux commandes. Le major a continué de nous regarder puis, s'adressant au capitaine, il lui a dit d'un ton neutre et moins militaire :

– Je ne veux pas d'histoires, Capi. Vous avez toujours su éviter les problèmes, continuez comme ça et on restera en bons termes, comme d'habitude. Et vous, a-t-il poursuivi en me désignant du doigt comme si j'étais une recrue, faites votre travail et filez d'ici. Nous n'avons rien contre les étrangers mais moins il y en a, mieux c'est. Faites attention à votre argent. Votre histoire de deux mille pesos, racontez-la à d'autres, pas à moi. Je me moque de savoir combien d'argent vous avez, mais il est bon que vous sachiez qu'ici on tue pour dix centimes et une bouteille d'eau-de-vie. A propos de la scierie, eh bien, vous jugerez vous-même. Je souhaite vous voir redescendre le Xurando le plus vite possible. C'est tout.

Il a fait demi-tour sans nous dire au revoir, est monté à côté du pilote et a refermé la porte dans un fracas de ferraille délabrée qui a retenti sur les deux rives. Le Junker s'est éloigné en s'élevant lentement et avec peine avant de se perdre au loin en rasant presque la cime des arbres.

Le capitaine ne semblait pas avoir entendu les paroles du major. Assis dans son hamac, il ne disait pas un mot. Au bout de quelques minutes, il a levé son visage vers moi et déclaré :

– On l'a échappé belle, l'ami; on a sauvé notre peau de justesse. Je vous raconterai plus tard. Je ne savais pas qu'il commandait à nouveau la base. Il connaît la vie de tous ceux qui circulent par ici. L'état-major l'avait rappelé et j'avais cru qu'il ne reviendrait pas. C'est pour ça que j'ai pris le risque d'embarquer les deux autres. Je me demande pourquoi il ne nous a pas emmenés nous aussi. Il en a arrêté pour moins que ça. Nous verrons si au poste je trouve un autre lamaneur. Je n'ai plus l'âge de toutes ces histoires. Vous savez où sont les vivres. Je mange très peu, vous devrez donc préparer vous-même vos repas. Ne vous inquiétez pas pour moi ni pour le mécanicien qui sait très bien se débrouiller. De toute façon il ne peut pas faire la cuisine parce qu'il doit s'occuper du moteur. Il apporte son manger et en bas il le prépare à sa façon. Eh bien, allons-y.

Le mécanicien est retourné à l'avant pour prendre la place du lamaneur. Il a fait marche arrière pour remonter le courant jusqu'au milieu du fleuve. A mesure que la nuit tombe, je me rends compte que la nervosité diminue et que disparaît le climat raréfié et malsain créé par le lamaneur et Ivar avec leurs échanges de regards, leurs messes basses, leur présence perturbatrice et corrompue. L'attachement aveugle du mécanicien au capitaine, son silence, sa façon de se consacrer tout entier à faire marcher ce moteur qu'on aurait dû envoyer à la retraite depuis des années et réduire à l'état de ferraille, confèrent au personnage une touche d'héroïsme ascétique.

13 avril

Le contact avec un monde qui s'était effacé de nos mémoires à cause de l'étrangeté et de la torpeur dans laquelle nous avait ensevelis la forêt, a quelque chose de réconfortant malgré les mises en garde et les avertissements péremptoires du major contre ses dangers. Plus encore, le danger lui-même me renvoie à la routine quotidienne du passé, et la mise en marche des mécanismes de défense, de l'attention nécessaire pour affronter des difficultés faciles à prévoir, sont autant d'encouragements à sortir de mon apathie, des limbes impersonnelles et paralysantes où je m'étais installé avec un conformisme alarmant.

La végétation devient plus svelte, moins dense. On peut voir le ciel pendant une bonne partie de la journée et, la nuit, les étoiles, avec la proximité familière qui les distingue sous l'équateur, émettent cette aura protectrice, vigilante, qui nous emplit de sérénité en nous donnant la certitude, fugace si l'on veut, mais présente en cet intervalle nocturne réparateur, que les choses suivent leur cours avec la régularité fatale qui assiste les fils du Temps, les créatures soumises au destin, nous, les hommes. La pile de factures et de registres douaniers que j'ai trouvée dans la cale du bateau et dont le capitaine m'a fait cadeau pour écrire ce journal, seul soulagement à l'ennui du voyage, est en train de s'épuiser. De même le crayon noir. Le capitaine m'explique qu'à la garnison où nous arriverons demain, je pourrai de nouveau retrouver du papier et un autre crayon. Je ne me vois guère solliciter une faveur aussi simple, aussi innocente, aussi personnelle, de ce major autoritaire dont la voix résonne encore à mon oreille. Non ses paroles, mais plutôt son accent, métallique, nu, sec comme un coup de feu, qui paralyse, déconcerte et oblige à obéir aveuglément et en silence. Je remarque que ceci est nouveau pour moi et que jamais je n'avais été soumis à une pareille épreuve, ni dans ma vie de marin, ni dans les divers métiers que j'ai exercés, ni au cours des avatars qui me sont arrivés sur terre. Maintenant je comprends comment les cuirassiers ont pu accomplir leurs charges dévastatrices. Ce que nous avons coutume d'appeler courage n'est peut-être que la soumission inconditionnelle à l'énergie irrépressible, neutre, écrasante d'un ordre émis sur ce ton. Voilà qui mériterait une réflexion en profondeur.

14 avril

Ce matin nous sommes arrivés à la base militaire. Amarré à une petite jetée en bois, le Junker se laisse bercer par le courant. Cet avion de jadis, avec sa tôle ondulée et son nez peint en noir, son moteur radial et ses ailes à moitié oxydées, est une présence anachronique, une apparition aberrante que plus tard je ne parviendrai sans doute pas à situer dans mes souvenirs. Le poste comprend un bâtiment parallèle au fleuve, avec un toit de zinc et des murs de tôle soutenus par un châssis. Au centre se trouve le petit bureau du commandement, et en face, au milieu d'un terre-plein que les soldats de corvée balaient à longueur de journée, se dresse un mât au bout duquel on a hissé le drapeau. Chaque aile du bâtiment abrite les hamacs de la troupe et on distingue les carrées des officiers, pourvues chacune d'un hamac. Un sergent s'est avancé pour nous recevoir et nous a conduits jusqu'au commandement. Le major nous a accueillis comme s'il nous voyait pour la première fois. Sans être courtois ni modifier ses façons militaires, il a observé à notre égard une distance et une indifférence qui, tout en nous préservant de la crainte de réveiller son animosité, nous ont fait comprendre que loin d'avoir relâché sa surveillance, il l'avait simplement mise un peu à l'écart pour se consacrer à d'autres aspects de la routine quotidienne de la garnison.

On nous a installés à l'extrémité de l'aile droite. Le mécanicien a préféré retourner au bateau et dormir dans son hamac, près du moteur. Nous avons mangé en plein air, avec les soldats, sur une longue table dressée derrière le bâtiment. Un peu de poisson pêché dans le fleuve et la possibilité de l'accompagner avec de la bière m'ont donné l'impression de partager un banquet imprévu. Après le repas, le soldat qui avait fait le voyage avec nous est venu nous saluer. Il nous a offert des cigares et nous les avons fumés, plus pour mettre les moustiques en fuite que par plaisir de savourer le tabac qui était très fort. Nous nous sommes enquis des prisonniers qui étaient montés dans le Junker. Sans répondre, il a regardé vers le ciel puis vers le sol et son geste était d'une éloquence qui pouvait se passer de toute explication. Après un bref silence il a déclaré, sur un ton qui voulait être naturel :

– Les exécutions font du bruit et il faut remplir beaucoup de papiers. En revanche, quand on tombe dans la forêt, le sol est tellement fangeux que sous l'impact on creuse soi-même sa tombe. Plus personne ne pose de question et la chose est vite oubliée. Ici, on a beaucoup de travail.

Le capitaine suçait son cigare en observant la forêt et palpait sa gourde comme qui veut s'assurer d'avoir sur lui de quoi conjurer toute mésaventure. Cette façon de liquider les indésirables n'était pas pour lui une nouveauté. Quant à moi, je dois avouer qu'après le premier frisson qui me parcourut du haut en bas, j'oubliai très vite l'affaire. Maintenant que j'y repense, je me rends compte que la pitié est le premier sentiment qui s'émousse lorsque la vie reprend le dessus. Cette fameuse solidarité humaine tellement trahie et qui n'a jamais rien signifié de concret pour moi. On la mentionne dans des circonstances de panique passagère. Mais c'est en pensant au soutien que les autres pourraient nous donner et non à celui que nous pourrions leur offrir. Notre compagnon de voyage nous a souhaité bonne nuit et nous sommes restés un moment à contempler le ciel étoilé et la pleine lune dont la proximité perturbatrice nous a conduits à préférer la chambre et le repos dans nos hamacs. J'avais demandé à notre ami de me procurer un peu de papier et un crayon neuf. Il est revenu me les apporter un moment plus tard. Il m'a dit, avec un sourire que je n'ai pu interpréter :

– C'est le major qui vous les envoie et il vous fait dire qu'il espère qu'ils vous serviront à noter ce que vous devez et non ce que vous voulez.

Il était évident qu'il répétait le message avec une fidélité impersonnelle qui le rendait plus sibyllin encore. Le silence de la nuit et du moteur au bruit duquel je m'étais habitué me tiennent un long moment éveillé. J'écris pour trouver le sommeil. J'ignore quand nous repartirons. Le plus vite sera sans doute le mieux. Ici, ce n'est pas un endroit pour moi. De tous les lieux qui m'ont accueilli dans ce monde, si nombreux et si variés que je ne peux plus les compter, celui-ci est sans doute le seul où tout m'est hostile, étranger, et où rôde un danger que je ne sais comment appréhender. Je jure de ne jamais renouveler cette expérience et maudit soit le besoin que j'avais d'elle.

15 avril

Ce matin, alors que nous nous préparions à partir, l'hydravion qui avait décollé à l'aube avec le pilote et le major est revenu. Le mécanicien avait commencé à mettre le diesel en marche, et le capitaine, aidé du nouveau lamaneur que la base lui a procuré, était en train de ranger les provisions dans la cale. Depuis la rive un soldat m'a hélé. Le major voulait me parler. Le capitaine m'a regardé avec méfiance et même avec une certaine crainte. Il était évident qu'en ce moment il se souciait plus de lui que de moi. Je suis entré dans le poste de commandement au moment même où le major sortait de son bureau. Il a fait un geste, comme s'il voulait me prendre par le bras pour m'inviter à faire quelques pas avec lui sur le terre-plein. Je l'ai suivi. Son visage brun et régulier, orné d'une moustache noire entretenue avec soin mais sans coquetterie, avait une expression à la fois ironique et protectrice qui, sans aller jusqu'à la cordialité, inspirait cependant une certaine confiance.

– Alors, vous êtes décidé à monter jusqu'aux scieries? a-t-il dit tandis qu'il allumait une cigarette.

– Jusqu'aux scieries? On ne m'avait parlé que d'une seule.

– Non, il y en a plusieurs, a-t-il répondu tout en observant la chaloupe d'un regard distrait.

– Bon, je ne crois pas que cela fasse une grande différence. L'important, c'est de parvenir à un accord pour acheter le bois et le descendre sur le fleuve, ai-je répondu tandis qu'une sensation d'angoisse maintenant familière nouait ma gorge : elle me signale le moment où je commence à buter sur les obstacles d'une réalité que j'avais faussement mesurée à l'aune de mes désirs.

Nous avons traversé tout le terre-plein. Le major fumait avec une délectation morose, comme s'il s'agissait de sa dernière cigarette. A la fin, il s'est arrêté, m'a regardé droit dans les yeux et m'a dit :

– Vous vous débrouillerez comme vous pourrez. Ce n'est pas mon affaire. Je veux seulement vous prévenir d'une chose : vous n'êtes pas homme à demeurer longtemps ici. Vous venez d'autres terres, d'autres climats, vous fréquentez d'autres gens. La forêt n'a rien de mystérieux, au contraire de ce que l'on a coutume de croire. C'est là son plus grand danger. Elle est ce que vous avez vu. Ce que vous voyez. Ni plus ni moins. Simple, directe, uniforme, maligne. Ici, l'intelligence s'émousse, le temps se délite, les lois s'oublient, on ignore la joie et il n'y a pas de place pour la tristesse.

Il a fait une pause pour aspirer une bouffée de fumée qu'il a expirée en même temps qu'il parlait.

– Je sais qu'on vous a mis au courant pour les prisonniers. L'histoire de chacun aurait pu remplir les nombreuses pages d'un dossier qui ne sera jamais ouvert. L'Estonien vendait des Indiens de l'autre côté de la frontière. Ceux qu'il ne parvenait pas à vendre, il les empoisonnait avant de les précipiter dans le fleuve. Il vendait aussi des armes aux planteurs de coca et de pavot, et nous informait ensuite des endroits où se trouvaient les plantations et les campements. Il tuait sans raison et sans fureur. Seulement pour faire du mal. Le lamaneur n'avait pas grand-chose à lui envier, mais il était plus habile, et il y a quelques mois seulement, nous avons réussi à prouver sa participation à un massacre d'Indiens organisé dans le but de revendre les terres que le gouvernement leur avait distribuées. Bon, il est inutile que je vous en dise davantage sur ces deux individus. Le crime est fastidieux lui aussi et ses variantes sont minimes. Je voulais vous expliquer la chose suivante : pour les envoyer avec une escorte jusqu'au tribunal le plus proche, il aurait fallu dix jours de voyage. J'aurais risqué la vie de six soldats qui auraient couru le danger de tomber dans un simulacre de subornation pouvant leur être fatal, ou auraient pu être assassinés par les complices qu'ont ces délinquants dans les villages. Six soldats sont pour moi très précieux. Indispensables. A un moment donné ils peuvent signifier la vie ou la mort. Et puis... les juges... Vous pouvez imaginer. Je n'ai pas besoin de vous faire un dessin. Je ne vous raconte pas tout ceci pour me justifier mais pour que vous ayez une idée de comment sont les choses ici.

Il a marqué une nouvelle pause.

– Je vois que vous vous êtes lié d'amitié avec le capitaine, non?

J'ai répondu oui de la tête.

– C'est un brave homme tant qu'il a de quoi boire. Qu'un verre lui manque et il change du tout au tout. Faites attention à ce que cela ne se produise pas. Il perd la raison et il est capable des pires horreurs. Ensuite il ne se souvient plus de rien. J'ai remarqué également que vous n'appréciez ni la vie des casernes ni les gens en uniforme. Vous avez tout à fait raison. Je vous comprends parfaitement. Mais quelqu'un doit se charger de certaines tâches, et nous, les militaires, nous sommes là pour ça. J'ai suivi des cours d'état-major, dans le Nord. Je suis resté deux ans en France, en mission militaire conjointe. C'est partout la même chose. Je crois deviner quelle a été votre vie et il est bien possible qu'une fois ou l'autre vous ayez croisé mes collègues. Lorsque nous ne sommes pas en service nous sommes un peu plus tolérables. Nous avons été formés pour être... ce que vous voyez.

Nous étions maintenant face au débarcadère.

– Bon, je ne vous retiens pas. Soyez prudent. Le lamaneur qui part avec vous est un homme de confiance. Au retour, déposez-le ici. Ne vous fiez à personne, et n'attendez pas grand-chose de la troupe; nous avons d'autres chats à fouetter et nous ne pouvons pas nous occuper d'étrangers rêveurs. Je vois que vous me comprenez.

Il m'a tendu la main et je me suis rendu compte, en serrant la sienne, que c'était la première fois qu'il avait ce geste avec moi. Nous nous sommes dirigés vers la jetée. Lorsque je suis monté dans la chaloupe, il m'a donné une tape sur l'épaule et m'a dit à voix basse :

– Surveillez l'eau-de-vie. Qu'il n'en manque pas.

Il a adressé un geste d'adieu au capitaine et s'est dirigé vers son bureau d'un pas élastique et lent, le corps droit, un peu raide. Une fois au milieu du fleuve, nous avons commencé à remonter le courant. La base s'est éloignée jusqu'à se confondre avec la lisière de la forêt. De temps en temps, un éclat de soleil sur le fuselage du Junker nous signalait l'endroit, comme un avertissement de mauvais augure.

17 avril

Le nouveau lamaneur s'appelle Ignacio et son visage est plein de rides blafardes qui lui donnent l'aspect d'une momie encore fraîche. Il parle sans arrêt et lance des postillons entre les quelques dents qui lui restent. A vrai dire, il parle tout seul plus qu'avec les autres. Il respecte le capitaine qu'il connaît depuis longtemps et, par conséquent, il entretient avec le mécanicien une amitié où il se dépense en conversation pendant que l'autre, avec son caractère tranquille et son inépuisable talent s'efforce de faire coïncider la vie alentour avec l'imprévisible comportement du moteur, menacé à chaque instant d'infarctus par ses soubresauts subits.

Je m'étais trompé en pensant que dorénavant le paysage et le climat ressembleraient de plus en plus à ceux des terres chaudes. Cet après-midi, nous avons de nouveau pénétré dans la jungle. Pénombre formée par les cimes des arbres et les lianes qui s'entrecroisent d'une rive à l'autre. Le moteur résonne comme un écho à l'intérieur d'une cathédrale. Singes, oiseaux et insectes se sont mis à crier sans répit. Je ne sais comment je parviendrai à dormir. Je scande pour moi-même : « Les scieries, les scieries », au rythme de l'eau venant frapper l'avant de la chaloupe. Il était écrit que tout cela devait m'arriver. A moi et à personne d'autre. Il y a des choses que je n'apprendrai jamais. Leur présence, accumulée au fil de la vie est ce que les imbéciles appellent destin. Piètre consolation.

Aujourd'hui, pendant la sieste, j'ai rêvé de lieux. De lieux où j'ai passé de longues heures creuses et cependant chargées d'une signification secrète. Ils émettaient un signal qui tentait de me révéler quelque chose. Le fait même d'avoir rêvé de ces endroits est en soi prémonitoire, mais je n'arrive pas à déchiffrer le message qui m'est destiné. Peut-être en les décrivant parviendrai-je à savoir ce qu'ils veulent me dire :

Une salle d'attente dans une petite gare du Bourbonnais. Le train arrivera après minuit. La chaleur diffusée par le radiateur à gaz est insuffisante, et une odeur de marécage colle aux vêtements et s'incruste sur les murs tachés d'humidité. Trois affiches vantent les merveilles de Nice, les enchantements de la côte bretonne et les sports d'hiver à Chamonix. Elles sont décolorées et ne font qu'ajouter plus de tristesse encore à l'atmosphère. La salle est vide. Le petit édicule du bureau de tabac, où l'on sert également du café et des croissants protégés des mouches par une cloche de verre portant des traces suspectes de graisse et de la poussière qui flotte dans la pièce, est fermé par un rideau grillagé plein de déchirures. Je suis assis sur un banc dont la dureté m'empêche de trouver une position qui me permettra de dormir un moment. Je change de posture de temps en temps, en regardant le bureau de tabac et les couvertures chiffonnées de plusieurs revues posées sur un présentoir protégé par le grillage. Quelqu'un bouge à l'intérieur. Je sais que c'est impossible parce que le kiosque se trouve dans un angle et qu'il n'y a pas de porte. Cependant, il devient de plus en plus évident que quelqu'un y est enfermé et me fait des signes. Je parviens à distinguer un sourire sur ce visage imprécis dont je ne saurais dire s'il appartient à une femme ou à un homme. Je me dirige vers l'endroit, les jambes engourdies par le froid et la position inconfortable où je suis resté pendant toutes ces heures. A l'intérieur du kiosque, quelqu'un murmure des mots inintelligibles. J'approche mon visage du grillage protecteur et j'entends susurrer : « Plus loin, peut-être. » Je passe mes doigts à travers le grillage, j'essaie de le secouer et à ce moment précis quelqu'un entre dans la salle d'attente. Je me retourne. C'est un gardien, coiffé de la casquette réglementaire. Il est manchot et la manche de sa veste est accrochée à sa poitrine par une épingle à nourrice. Il me regarde avec méfiance, ne salue pas et va se réchauffer devant le radiateur avec l'intention évidente de montrer qu'il est là pour empêcher que l'on enfreigne le règlement de la gare. Je retourne à ma place dans un état d'agitation indescriptible, le cœur au bord des lèvres et la bouche sèche, avec la certitude de n'avoir pu entendre un message décisif et unique.

Dans un marais où des nuages de moustiques tourbillonnent, s'approchent et s'éloignent soudain en une spirale vertigineuse, j'aperçois les restes d'un grand hydravion de tourisme. C'est un Latécoère 32. La cabine est presque intacte. J'entre et je m'assieds sur une chaise en osier devant une petite table pliante. La végétation a envahi l'intérieur de l'appareil, tombant du plafond, recouvrant les parois. Des fleurs d'un jaune intense et presque lumineux, qui rappellent celles du gaïac, pendent gracieusement. Tout ce qui pouvait avoir une utilité quelconque a été démonté depuis très longtemps. A l'intérieur, on respire une atmosphère sereine et tiède qui invite à se reposer un moment. Par l'un des hublots, qui a perdu sa vitre depuis des années, entre un grand oiseau au poitrail cuivré et chatoyant, une tache orangée sur le bec. Il se pose sur le dossier d'une chaise, trois rangées devant moi, et me regarde de ses petits yeux où brillent des reflets cuivrés eux aussi. Soudain, il se met à chanter, un trille aigu qui s'arrête soudain et descend brusquement la gamme, comme si ma présence ne lui permettait pas de terminer la phrase commencée avec tant de brio. Il vole au ras du plafond, cherchant une issue et finit par s'enfuir en laissant l'écho de son chant dans l'atmosphère végétale de l'avion. Je sens alors s'abattre sur moi l'envoûtement maléfique auquel s'expose celui qui franchit des enceintes interdites. Au plus secret de mon âme, au plus profond de mon être, une légère secousse s'est produite sans que j'aie pu intervenir, sans qu'il ait été tenu compte de moi.

Un champ de bataille. Les combats ont cessé la veille. Des rôdeurs coiffés de turbans dépouillent les cadavres. Il fait une chaleur humide qui ramollit les membres, comme une fièvre sans délire. Certains morts portent une casaque rouge d'où les galons ont disparu. Je m'approche d'un cadavre vêtu d'un pantalon bouffant en soie couleur pistache et d'un gilet brodé d'or et d'argent. On n'a pu le lui voler parce que son corps est traversé par une lance fermement fichée dans le sol et qui a percé ses vêtements. C'est un haut dignitaire, au visage jeune et au corps mince et svelte. A son turban, je me rends compte que c'est un Mahratte. Les rôdeurs ont disparu. Au loin, je distingue un cavalier avec une casaque rouge. Il s'approche, arrête son cheval devant moi et me demande : « Qui cherchez-vous ici? » « Je cherche le corps du maréchal de Turenne », lui dis-je. Il me regarde, étonné. Je sais que je me suis trompé de bataille, de siècle, de combattants, mais je ne peux rectifier mon erreur. L'homme descend de son cheval et m'explique, avec une grande courtoisie : « Vous êtes sur le champ de bataille d'Assaye, et ces terres appartenaient au peshwa. Si vous désirez parler à Sir Arthur Wellesley, je peux vous conduire jusqu'à lui sans plus attendre. » Je ne sais que répondre. Je reste là, debout, comme un aveugle qui tente de s'orienter dans la foule. Le cavalier hausse les épaules : « Je ne peux rien faire pour vous », dit-il, et il s'éloigne par le même chemin qui l'a conduit jusqu'ici. La nuit commence à tomber. Je me demande où est le cadavre de Turenne et pourtant je sais que tout est une erreur et qu'il n'y a rien à faire. Il règne une odeur d'épices, de patchouli, de bandages qui n'ont pas été changés depuis plusieurs jours, une odeur de soleil sur les morts, de lame de sabre que l'on vient de graisser. Je me réveille avec la certitude déprimante d'avoir manqué le chemin où m'attendait, enfin, un ordre à la mesure de mon angoisse.

Je suis dans un hôpital. Le lit est protégé par un rideau qui le sépare des autres lits de la salle. Je ne suis pas malade et je ne sais pourquoi on m'a amené ici. Je tire le rideau sur un des côtés et je vois un autre rideau semblable qui protège un autre lit. Un bras de femme l'ouvre et j'aperçois Flor Estevez, vêtue de la précaire chemise que portent les malades que l'on vient d'opérer. Elle me regarde en souriant tandis que ses seins, ses cuisses et son sexe à demi caché sont offerts avec une candeur qui ne lui est pas commune dans la vie réelle. Comme toujours, ses cheveux en bataille ressemblent à la tignasse d'un animal mythologique. Je me glisse dans son lit. Nous commençons à nous caresser avec la prestesse fébrile de ceux qui savent qu'ils disposent de très peu de temps et que quelqu'un peut d'un moment à l'autre les surprendre. Au moment où je vais entrer en elle, les rideaux s'ouvrent brusquement. Des moinillons les tiennent écartés tandis qu'un prêtre insiste pour me donner la communion. Je me débats pour refermer les rideaux. Le curé range l'hostie dans un calice et un moinillon lui tend une petite boîte en argent contenant les saintes huiles. Le prêtre tente de m'appliquer l'extrême-onction. Je regarde de nouveau Flor Estevez qui m'évite, honteuse, comme si elle avait tout manigancé pour une raison que je ne parviens pas à saisir. Flor trempe ses doigts dans les huiles et tente d'en frotter mon membre tandis qu'elle chante une chanson dont la tristesse me donne le sentiment consternant de vivre une fin qui ne serait qu'une atroce duperie.

Tout érotisme a complètement disparu. Je veux crier avec le désespoir d'un noyé. Je suis réveillé par le son de ma propre voix qui s'éteint dans un hurlement grotesque.

Je médite, absorbé, sur le sens que ces visions renferment. La nuit est tombée et la chaloupe avance lentement. Le lamaneur et le capitaine discutent sur un ton de légère irritation que l'on sent coutumière et inoffensive. Le capitaine en est au point critique de son ébriété et ses ordres sont redevenus insensés :

– Sens le vent, vieille tête de mule, sens-le bien, nom de Dieu, ou nous sommes perdus, merde.

– Ça va, ça va, capitaine, ne me pressez pas tant; si on n'avance pas c'est qu'on ne peut pas, lui répond le lamaneur avec la même patience que s'il parlait à un enfant.

– Tu navigues comme un serpent sans tête, Ignacio; et si on ne te donne plus de travail au poste, c'est bien pour quelque chose. Tiens bon la barre, nom de Dieu, ce n'est pas une cuillère à soupe!

Et ainsi de suite, durant une bonne partie de la nuit. Il est évident qu'au fond ils s'amusent. C'est leur façon à eux de communiquer. Ils se connaissent depuis si longtemps qu'il y a belle lurette qu'ils se sont tout dit. La sieste a été trop longue et je ne trouverai le sommeil qu'à l'aube. Je lis et écris par intermittence. Jean sans Peur n'a aucune excuse. En ordonnant le meurtre du frère du roi de France, il a condamné sa propre race à l'extinction inévitable. Quel dommage. Un royaume de Bourgogne eût peut-être été la réponse adéquate à tout ce qui par la suite a déferlé sur l'Europe comme une vague de malédiction inéluctable.

18 avril

Comme toujours, ce n'est qu'aujourd'hui que me sont venues à l'esprit les interprétations possibles des visions qui m'ont envahi pendant la sieste d'hier. Mes vieux démons, mes fantasmes décrépits, sous divers déguisements, dans un langage différent et une mise en scène nouvelle et malicieuse, se sont présentés à moi pour me rappeler les grandes lignes qui président à mon destin : vivre une époque en tout point étrangère à mes intérêts et à mes goûts; sentir que glisser vers la mort est l'œuvre essentielle de chaque jour, et que l'univers érotique est pour moi la condition implicite de cette œuvre; savoir que je me déplace continuellement vers le passé, à la recherche du moment et du lieu appropriés où ma vie aurait pu avoir un sens; posséder, enfin, cette habitude très particulière de consulter toujours la nature, sa présence, ses mutations, ses pièges, ses voix occultes auxquelles je confie aveuglément le soin de dissiper mes doutes, de juger mes actes en apparence gratuits mais toujours obéissants à ses appels.

Le simple fait de méditer sur tout ceci m'a permis d'accepter avec sérénité un présent que je trouvais si confus et si éloigné de mes affaires. Par une erreur de perspective compréhensible, je l'avais examiné sans tenir compte de certains éléments familiers que les rêves d'hier m'ont rendus évidents. Ils étaient là et je n'avais pas su les découvrir. Je suis tellement habitué à la valeur prémonitoire de mes rêves qu'avant même de déchiffrer leur message je commence à sentir leur action bienfaisante et calmante. Reste à comprendre l'attitude de Flor Estevez, dont l'initiative et l'invitation à me mettre dans son lit sont complètement étrangères à son habitude de résoudre de telles situations. En effet, en dépit de la sauvagerie apparente de sa tenue, de la rondeur de ses cuisses, du désordre hirsute de sa chevelure, de sa peau brune quelque peu humide qui résiste légèrement au toucher, comme si elle était faite d'un velours invisible, en dépit de ses opulents seins de sibylle qu'elle exhibe à demi toute la journée, en dépit de tous ces signes, Flor ignore complètement le jeu de la coquetterie, la malice des rapprochements amoureux. Elle surgit, sérieuse, décidée, presque triste, avec le désespoir silencieux de qui œuvre sous l'empire d'une force déchaînée; c'est ainsi qu'elle aime et qu'elle jouit : dans un silence de vestale. Peut-être le comportement provocateur de Flor dans mon rêve était-il dû à l'abstinence du voyage, l'épisode de l'Indienne étant à exclure, qui fut plus inquiétant que satisfaisant. Peut-être obéissait-il, et c'est probable, à la juxtaposition, classique dans les rêves, de traits et de gestes de personnes différentes. C'est pourquoi nous ne pouvons jamais confirmer avec certitude l'identité des êtres dont nous rêvons. Celui qui se présente à nous n'est jamais un mais plusieurs, défilé instantané et condensé et non pas présence unique et déterminée.

Flor Estevez. Nul ne m'a été si proche, nul

ne m'a été si nécessaire, nul n'a autant pris soin de moi avec ce tact secret et cette distance végétale et sévère si particuliers à cet être épris de silence, de monosyllabes, de brefs bougonnements qui ne veulent dire ni oui ni non. Lorsque je l'ai consultée à propos du commerce du bois, elle s'est contentée de dire :

– Je ne savais pas que l'on pouvait faire de l'argent avec du bois. Des maisons, des clôtures, des caisses, des murs, tout ce que tu veux, mais pas de l'argent. C'est une blague. Méfie-toi.

Elle est allée jusqu'à la cachette où elle gardait ses économies et elle m'a donné tout ce qu'elle avait, sans dire un mot, sans même me regarder. Flor Estevez, aux colères farouches, aux caresses impudentes et soudaines. Loyale. Distraite, regardant passer le brouillard entre les cimes des *cambulos,* chantant des chansons des basses terres, des chansons fruitées, sensuelles, innocentes et empreintes d'une nostalgie déchirante qui demeure à jamais dans la mémoire, de même que leurs mélodies et leurs paroles transparentes de candeur. Et moi, ici, remontant ce fleuve en compagnie d'un ivrogne à moitié comanche et à moitié gringo, d'un Indien muet amoureux de son diesel et d'un nonagénaire qui semble né de l'écorce tuméfiée d'un de ces arbres gigantesques qui n'ont pas de nom et qui ne servent à rien. Irréfléchie, toujours à contre-courant, toujours nuisible, toujours étrangère à ma véritable vocation, mon errance est sans remède.

20 avril

Nous sommes de nouveau dans une savane parsemée de bosquets et d'étendues marécageuses formées par les crues du fleuve. Des bandes de hérons traversent le ciel en formations régulières qui rappellent des escadrilles en vol de reconnaissance. Ils tournoient au-dessus de la chaloupe et vont se poser sur la rive avec une élégance irréprochable. Pour chercher leur nourriture, ils se déplacent à grandes enjambées lentes et prudentes. Lorsque l'un d'eux parvient à attraper un poisson, celui-ci se débat un instant dans le long bec du héron qui secoue la tête avant de faire disparaître sa victime comme par enchantement. Un soleil de plomb frappe l'étendue morne où l'eau scintille entre les joncs et les lianes. De temps en temps, comme pour nous rappeler qu'elle n'est pas loin, surgit une petite étendue de jungle, un épais groupe d'arbres d'où part le charabia des singes, des perroquets et d'autres oiseaux, ainsi que le chant régulier et somnolent des grillons géants. On se sent désemparé devant la désolation de l'endroit, et on ne sait pas très bien à quoi est due cette sensation que l'on n'éprouve pas au milieu de la forêt, malgré la vapeur létale toujours présente pour nous rappeler sa proximité dévastatrice. Allongé dans le hamac je vois défiler avec une indifférence aboulique ce paysage où l'unique changement perceptible est la lente mutation de la lumière à mesure que la nuit tombe. Le courant du fleuve s'oppose à peine à la marche de la chaloupe. Le moteur tintinnabule sur un rythme que la précarité de son état, sa vétusté et son instabilité démentielle accélèrent et rendent suspect. C'est à peine si j'enregistre tout ceci à la surface quasi impersonnelle de mon attention. Comme toujours après la visite de ces rêves évocateurs, je suis tombé dans un état d'indifférence marginale, au bord d'une panique sourde. Je le ressens comme un véritable attentat contre mon être, contre les forces qui le soutiennent, contre l'espoir vain et sans doute précaire, mais espoir tout de même, qu'un jour les choses iront mieux et qu'enfin tout pourra s'arranger. Ces brèves périodes de neutralité dangereuse me sont si familières que je sais que le mieux est de ne pas leur prêter attention. Je ne ferais que les prolonger, et leur effet serait semblable à celui d'un médicament dont, par inadvertance, on a pris une trop forte dose, et qui ne cessera son action que lorsque le corps aura éliminé la substance étrangère qui l'intoxique. Le capitaine s'approche pour m'informer que ce soir nous ferons halte dans un village afin de faire le plein d'essence et d'acheter des provisions. Me souvenant des recommandations du major, je me préoccupe de l'état de sa gourde. Il comprend que l'autre m'a mis en garde et répond, non sans quelque gêne :

– Ne vous inquiétez pas, mon ami, j'achèterai ce qu'il me faut pour le reste du voyage.

Il s'éloigne en aspirant la fumée de sa pipe avec le geste irrité de qui tente de protéger une zone de son intimité violée par des étrangers.

25 mai

Lorsque nous sommes arrivés au hameau, j'étais loin de me douter que j'y demeurerais plusieurs semaines entre la vie et la mort. Que tout le voyage en serait bouleversé et deviendrait une lutte épuisante contre un découragement absolu et des accès de quelque chose qui ressemblait à de la démence.

Le village compte six maisons entourant un enclos qui tient lieu de place. Deux arbres gigantesques, aux frondaisons démesurées, donnent de l'ombre à des habitants sales et émaciés qui, l'après-midi, s'asseyent à leurs pieds sur des bancs primitifs faits de troncs à peine dégrossis, pour fumer et commenter les rumeurs toujours vagues et inquiétantes de la capitale. La seule habitation avec un toit de tôle et des murs de briques est une école qui sert aussi d'église lorsque viennent les missionnaires. Elle comprend une salle de classe, une petite pièce pour la maîtresse, et des sanitaires depuis longtemps hors d'usage, recouverts de mousse et d'ordures de toutes sortes. La maîtresse a été enlevée par les

Indiens il y a un peu plus d'un an et on n'a plus rien su d'elle jusqu'au jour où quelqu'un a fait savoir qu'elle vivait avec le chef d'une tribu et avait manifesté sa décision de ne jamais revenir. La base militaire entretient dans ces locaux une petite troupe de soldats qui dorment dans des hamacs suspendus à l'intérieur de ce qui fut la salle de classe. Ils passent leur temps à fourbir leurs armes et à se raconter, comme une litanie monotone, les petites misères qui font la vie de la caserne.

Le capitaine a rempli sa gourde et nous avons commencé à transporter des bidons de gasoil dans la cale du bateau. Le travail était épuisant à cause de l'humidité, de la température insupportable et du manque de bras. Personne ne voulait nous aider. Le capitaine était dans tous ses états, le vieux lamaneur pouvait à peine bouger et nous avons dû nous y mettre, le mécanicien et moi, devant l'indifférence des habitants rongés par le paludisme, et dont les yeux vitreux et absents indiquaient qu'ils ont depuis longtemps abandonné tout espoir de s'échapper d'ici. L'après-midi du premier jour, j'ai été pris de nausées et d'un intense mal de tête que j'ai attribué au fait d'avoir inhalé pendant trop longtemps les vapeurs du gasoil que nous devions transvaser avec une lenteur désespérante. Le lendemain nous avons poursuivi notre travail. Le sommeil et le repos avaient apparemment soulagé mon malaise. Vers la mi-journée j'ai commencé à sentir des douleurs insupportables dans toutes les articulations, et des élancements à la base du crâne qui m'immobilisaient pendant de courts instants. Je suis allé voir le capitaine pour l'interroger sur ce que je pouvais avoir. Il m'a regardé, et à l'expression de son visage j'ai compris qu'il s'agissait de quelque chose de sérieux. Il m'a pris par le bras et m'a conduit jusqu'à un des hamacs de l'école. Là, il m'a forcé à m'étendre et m'a fait boire un grand verre d'eau avec quelques gouttes d'un liquide amer, visqueux, de couleur ambre. A voix basse il a expliqué aux soldats quelque chose qui, de toute évidence, se rapportait à mon état. Ils m'ont dévisagé comme si je devais affronter une terrible épreuve qu'ils connaissaient bien. Le capitaine est revenu peu après avec mon hamac. Il l'a attaché dans le coin opposé à celui où dorment les soldats et m'y a conduit, me portant presque, me soutenant aux aisselles. Je me suis rendu compte que mes pieds étaient insensibles et que je ne savais pas si je les traînais ou si j'essayais de marcher. La nuit a commencé à tomber. Avec la légère diminution de la chaleur et l'arrivée de la brise presque imperceptible qui venait du fleuve, je me suis mis à trembler violemment en un frisson qui semblait ne jamais vouloir finir. Un soldat m'a fait boire quelque chose de chaud dont je n'ai pu reconnaître le goût et je suis tombé dans une profonde torpeur proche de l'inconscience.

J'ai perdu complètement la notion du temps. Jour et nuit se confondaient parfois en un mélange vertigineux et il arrivait que l'un ou l'autre demeurât suspendu, en une éternité que je n'essayais pas de comprendre. Les visages qui s'approchaient pour me regarder m'étaient totalement étrangers, et baignaient dans une lumière opaline qui leur donnait l'aspect de créatures appartenant à un monde inconnu. J'ai fait d'atroces cauchemars, qui se rapportaient toujours aux angles du toit et à l'assemblage de ses plaques de tôle. Je voulais emboîter un angle dans un autre angle, modifier la structure des supports ou assembler les rivets qui unissaient les plaques de façon à effacer la moindre différence ou la moindre irrégularité. Je consacrais à cette tâche toute la force d'une volonté faite de fièvre et d'obsession maniaque, la recommençant à l'infini. C'était comme si mon esprit avait été immobilisé à l'improviste par un mécanisme élémentaire de reconnaissance de l'espace alentour. Un processus que la conscience, dans la vie quotidienne, n'enregistre même pas mais qui était devenu l'unique but, la raison ultime, nécessaire et sans appel de mon existence. C'est-à-dire que je n'étais que cela et n'étais vivant que grâce à cela. A mesure que ces obsessions se prolongeaient et devenaient de plus en plus régulières et de plus en plus élémentaires, je plongeais dans un irréversible état de folie, d'inertie, de démence minérale, dans lequel mon être, ou plutôt ce qu'il avait été, se dissolvait avec une rapidité incontrôlable. Maintenant, alors que je tente de raconter ce dont je souffrais, je m'aperçois que les mots ne peuvent rendre pleinement compte du sens que je veux leur donner. Comment expliquer, par exemple, la panique glacée avec laquelle j'observais cette monstrueuse simplification de mes facultés, et l'incommensurable étirement du temps vécu à l'intérieur d'un pareil supplice? Toute description est impossible. Simplement parce que, d'une certaine façon, c'est quelque chose d'étranger et de tout à fait opposé à l'idée que nous nous faisons de notre conscience ou de celle de nos semblables. Nous nous métamorphosons, non en un autre être, mais en une autre chose, en un minéral compact fait d'arêtes intérieures qui se multiplient à l'infini et dont le compte et le décompte constituent la raison même de notre durée dans le temps.

Les premiers mots intelligibles que j'ai entendus furent :

– Le pire est passé. C'est un miracle qu'il soit vivant.

Quelqu'un, vêtu d'une chemise kaki sans insignes ni galons, au faciès brun, régulier et orné d'une moustache noire et droite, a prononcé ces mots d'une voix inexplicablement lointaine puisqu'il se trouvait à quelques centimètres de mon visage et m'observait fixement. Par la suite j'ai appris que le major était venu avec le Junker. Dans la trousse des premiers secours qu'il emporte toujours avec lui, il a pris un médicament qu'il m'a injecté toutes les douze heures et qui, semble-t-il, m'a sauvé la vie. On m'a raconté que dans mon délire, j'ai prononcé plusieurs fois le nom de Flor Estevez et qu'à de nombreuses reprises j'ai insisté sur la nécessité de remonter un fleuve pour aller prendre, à quelques kilomètres du lac Nicaragua, le fort de San Juan assiégé par le capitaine Horacio Nelson. Il semble aussi que j'aie parlé en des langues que personne n'a pu identifier, bien que le capitaine m'ait raconté plus tard que lorsqu'il m'avait entendu crier « Godverdomme! » il avait compris que j'étais sauvé.

Je suis encore faible, et mes membres me répondent avec une maladresse irritante. Je mange sans appétit et rien ne parvient à apaiser ma soif. Je n'ai pas soif d'eau mais soif d'une boisson qui aurait l'amertume intense d'un végétal et la blancheur rafraîchissante de la menthe. Elle n'existe pas, je le sais, mais cette envie spécifique et clairement identifiable est là et je me mettrai un jour en quête de cette infusion dont je rêve jour et nuit. J'écris avec d'énormes difficultés mais en même temps que je consigne ces souvenirs de mon mal, je me libère de la démence qu'il m'a transmise, dont j'ai été possédé et qui est ce dont j'ai le plus souffert. Ma guérison est progressive mais rapide et j'en arrive à penser par moments que tout ceci est arrivé à un autre que moi, à quelqu'un qui n'était que cela et a disparu avec cela. Non, ce n'est pas facile à expliquer, je le sais, et à trop vouloir le tenter, je risque de me livrer à un de ces exercices obsessionnels qui m'inspirent maintenant une terreur sans limites.

Cet après-midi, le mécanicien s'est approché de moi et a commencé à me parler en un curieux mélange de portugais, d'espagnol et d'un des nombreux dialectes de la forêt que je n'ai pu identifier. Pour la première fois, et de sa propre initiative, il a entamé une conversation avec quelqu'un du bateau autre que le capitaine, avec lequel il communique par de sèches monosyllabes. Son visage, aux traits à ce point indiens qu'il faut peser chaque geste avec un soin extrême pour ne pas commettre une grave erreur, montrait une agitation qui dépassait la simple curiosité. Il a commencé par me demander si je savais quelle maladie j'avais eue. Je lui ai répondu que non. Alors, très étonné car il jugeait mon ignorance impardonnable et dangereuse, il m'a expliqué :

– Vous avez eu la fièvre du puits. Elle attaque les Blancs qui couchent avec nos femmes. Elle est mortelle.

Je lui ai répondu que j'avais au contraire l'impression d'avoir eu la vie sauve mais lui, avec un scepticisme quelque peu mystérieux, m'a rétorqué :

– N'en soyez pas si sûr. Parfois elle revient.

Quelque chose dans ses paroles m'a fait penser que les secrets tribaux, ou peut-être l'obscur combat contre l'étranger, le poussaient à insinuer en moi un doute cruel, à la mesure de ma transgression des lois non écrites de la jungle. Un peu pour le piquer au vif, je lui ai demandé comment faisaient les Blancs qui avaient des rapports réguliers avec les Indiennes afin de ne pas attraper la terrible fièvre.

– Ils se retirent, monsieur. Ce n'est un secret pour personne, m'a-t-il reproché avec une superbe toute neuve, comme s'il s'adressait à quelqu'un qui ne méritait pas que l'on entre dans les détails.

– Après, il faut se laver avec de l'eau et du miel et se mettre une feuille de datura entre les cuisses, bien que ça brûle et que ça fasse des cloques, a-t-il ajouté pour achever son explication tandis qu'il me tournait le dos et allait retrouver son moteur avec l'air de qui a abandonné un travail très important pour ce qui n'est finalement qu'une broutille sans intérêt.

Vers minuit, j'étais en train de lire lorsque le capitaine est venu me demander comment je me sentais. Je lui ai raconté ce que m'avait dit le mécanicien et il m'a rassuré d'un sourire :

– Si vous vous mettez à écouter tout ce qu'ils racontent, vous deviendrez fou, mon pauvre ami. Il vaut mieux oublier tout ça. Vous êtes sain et sauf. Que voulez-vous de plus?

Un relent d'eau-de-vie de mauvaise qualité est demeuré au pied du hamac tandis qu'il se dirigeait vers la proue en criant ses ordres habituels et délirants :

– Réduisez l'allure et ne vous endormez pas! Ne faites pas sauter les magnétos avec votre maudite graisse de tapir, couillons!

Sa voix se perdait dans la nuit sans fin et parvenait jusqu'aux étoiles dont la proximité avait un délicieux pouvoir lénitif.

27 mai

Le capitaine a cessé de boire. C'est à peine si je l'ai remarqué ce matin lorsqu'il a pris avec nous le petit déjeuner quotidien composé de café et de rondelles de bananes frites. Après son café il boit toujours une longue rasade d'eau-de-vie. Aujourd'hui, il a manqué à ce rite et n'a pas sa gourde avec lui. J'ai remarqué un regard étrange sur le visage habituellement impavide et distant du mécanicien. Comme je sais que les provisions qu'il a faites au village sont assez abondantes, je ne crois pas que la raison de ce changement soit le manque d'alcool. Je l'ai observé toute la journée et je n'ai pas remarqué qu'il ait cessé de donner ses ordres surprenants, devenus pour moi une sorte d'invocation nécessaire liée à la bonne marche de la chaloupe et du voyage en général. Pendant la journée il n'a pas touché à sa gourde. Le soir, il est venu se coucher dans un des hamacs disponibles et, après quelques préambules sur le temps et la proximité possible de nouveaux rapides, torrentueux cette fois, il s'est lancé dans un long monologue sur certains épisodes de sa vie :

– Vous n'imaginez pas, a-t-il commencé par me dire, ce qu'a signifié pour moi de laisser la Chinoise dans ce cabaret de Hambourg. Je n'ai jamais été un homme à femmes. C'est peut-être parce que l'image qui m'est restée de ma mère est en tout point différente de ce que sont les femmes blanches, que mes rapports avec elles sont depuis toujours marqués par ma première relation avec une personne de l'autre sexe. Ma mère était violente, silencieuse et enchaînée avec une conviction aveugle aux croyances ancestrales de sa tribu, à ses rites quotidiens. Les Blancs ont toujours été pour elle une incarnation nécessaire et inévitable du mal. Je crois qu'elle a beaucoup aimé mon père mais qu'elle ne le lui a sans doute jamais montré. Mes parents venaient de temps en temps à la mission. Ils y demeuraient quelques semaines puis repartaient. Pendant leurs séjours, ma mère me traitait avec une cruauté gratuite qui avait quelque chose d'animal. Elle était de la tribu Kwakiutl. Je n'ai jamais appris un mot de sa langue. Tout cela m'a sans doute profondément marqué car, jusqu'à ce que je rencontre la Chinoise, les femmes ont toujours fini par me quitter. Il y a en moi quelque chose qu'elles prennent pour un rejet. Avec la patronne du bordel, en Guyane, j'aurais pu vivre le restant de mes jours. Notre ménage était bâti sur l'intérêt plus que sur les sentiments. Elle était d'humeur égale et agréable et c'était impossible de se disputer avec elle. Au lit elle avait une sensualité lente et distraite. Après, elle riait toujours d'un rire enfantin, presque innocent. Lorsque j'ai connu la Chinoise, tout a changé. Elle est entrée dans un repli de mon intimité qui était demeuré hermétique et que moi-même je ne connaissais pas. Ses gestes, l'odeur de sa peau, sa façon de me regarder, immédiate, intense, en un bref éclair qui m'enveloppait d'une tendresse dévastatrice, sa dépendance faite d'acceptation irréfléchie et absolue, tout en elle avait la vertu de me délivrer sur-le-champ de mes atermoiements et de mes obsessions, de mes déconvenues et de mon vague à l'âme, ou de mes simples occupations quotidiennes, pour me laisser au centre d'un cercle lumineux, fait d'énergie palpitante, de certitude vigoureuse, qui agissait comme une drogue inconnue ayant le pouvoir de concéder un bonheur sans nuages. Je ne peux me rappeler tout ceci sans me demander comment j'ai pu l'abandonner en invoquant des raisons aussi stupides et provenant de faits en eux-mêmes sans importance, qu'auparavant j'avais déjà affrontés avec la plus grande habileté ou esquivés avec un minimum d'efforts, sans jamais tomber dans le piège. Je m'interroge parfois avec une fureur désolée pour savoir si je ne l'ai pas rencontrée trop tard, alors que je n'étais plus disposé à protéger cette source de bonheur sain, alors qu'était morte en moi la réponse qui m'eût permis de prolonger cet état de bien-être. Vous avez compris où je veux en venir. Certaines choses arrivent trop tôt, d'autres trop tard, mais nous ne le savons que lorsqu'il n'y a plus rien à faire, lorsque nous avons parié contre nous-mêmes. Je crois que je vous connais assez pour supposer qu'il vous est arrivé la même chose ; vous savez de quoi je parle. A partir du moment où j'ai quitté Hambourg, tout m'est devenu égal. Au fond, quelque chose est mort en moi, et le restera à jamais. L'alcool et une fugitive fréquentation du danger sont les seules choses qui me donnent la force de commencer chaque journée. Mais je ne savais pas que ces recours s'usent eux aussi. L'alcool ne sert qu'à conserver une éphémère raison de vivre ; le danger disparaît toujours dès que nous nous en approchons. Il existe tant que nous le portons en nous. Lorsqu'il nous quitte, lorsque nous touchons le fond et savons qu'en vérité nous n'avons ni n'aurons jamais rien à perdre, le danger devient le problème des autres. Qu'ils s'en occupent et en fassent ce qu'ils veulent. Savez-vous pourquoi le major est revenu ? Pour cette même raison. Je n'en ai jamais discuté avec lui mais nous nous connaissons suffisamment. Pendant que vous déliriez dans la salle de classe, nous nous sommes de nouveau compris. Lorsque je lui ai demandé pourquoi il était revenu, il s'est contenté de me répondre : « Ici ou là-bas, c'est la même chose, capitaine; seulement ici, ça va plus vite. Vous me comprenez, n'est-ce pas? » Il disait vrai. La forêt ne sert qu'à accélérer la fin. Elle n'a en soi rien de surprenant, rien d'exotique, rien d'inattendu. Croire le contraire est la sottise de ceux qui vivent comme s'ils étaient immortels. Ici il n'y a rien, il n'y aura jamais rien. Un jour la forêt disparaîtra sans laisser de trace. Elle se couvrira de chemins, de factoreries, se peuplera de gens qui se convertiront en ânes pour servir cette spectaculaire futilité qu'on appelle le progrès. Enfin, peu importe, je n'ai jamais joué à ce jeu-là. Je ne sais même pas pourquoi j'en parle. Je voulais simplement vous dire de ne pas vous inquiéter. Je n'ai pas abandonné l'eau-de-vie, c'est elle qui m'a abandonné. Nous continuerons de remonter le fleuve. Comme avant. Jusqu'où cela nous sera possible. Ensuite nous verrons.

Il a posé sa main sur mon épaule et est resté à contempler le courant. Puis il l'a retirée. Il ne dormait pas mais il était calme et tranquille : il avait la sérénité des vaincus. J'alterne lecture et écriture dans l'attente du sommeil. Il vient toujours avec la brise légère du petit matin. Je suis sûr que les paroles du capitaine cachent un message, un signal secret qui me procure une curieuse quiétude et me dit en même temps que les dés ont été jetés depuis longtemps. Le mieux est de laisser les choses arriver comme elles doivent arriver. C'est bien ainsi. Ce n'est pas de la résignation. Bien au contraire. C'est autre chose. C'est en rapport avec la distance qui nous sépare de tout et de tous. Un jour nous saurons.

30 mai

C'est curieux comme tout se met en place et s'apaise. Les sombres inconnues qui s'étaient dressées devant nous au début du voyage se sont peu à peu dissipées et ont fait place aux maigres perspectives qui sont aujourd'hui les nôtres. Une fois les Indiens débarqués, nous les avons oubliés. Ivar et son compère ont creusé leur propre tombe dans le sol détrempé de la forêt. Le major nous a implicitement pris en charge, sans le laisser entendre, mais d'une façon de jour en jour plus évidente. Le capitaine ne boit plus et est entré dans une phase de rêverie paisible, de nostalgie aimable, de mélancolie inoffensive. Ignacio m'apparaît de plus en plus comme un vieillard qui se confond avec les mânes protecteurs de la forêt. Le mécanicien est parvenu à tirer du moteur des prouesses miraculeuses. La convalescence me donne, en même temps que le sentiment d'avoir sauvé ma vie de justesse, la sécurité placide, la santé invulnérable des élus. Je n'ignore pas combien ces garanties peuvent être précaires, mais, tandis que je m'abandonne tout entier à leur pouvoir, les choses défilent devant moi, occupant l'espace qui leur correspond sans m'envahir ni porter atteinte à mon identité. Voilà pourquoi, même ma relation avec l'Indienne et, en supposant que ce soit exact, ses séquelles létales dont j'ai réchappé m'apparaissent comme des épreuves qu'il me fallait surmonter pour vaincre les pouvoirs de cet univers végétal dévorant et insatiable qui s'offre aujourd'hui à moi comme un des lieux que l'homme doit traverser, afin de ne pas être en reste avec son passage sur la terre et s'éviter le supplice de mourir convaincu d'avoir vécu dans les limbes, le dos tourné au formidable spectacle des vivants.

Dans la lumière de l'après-midi et jusqu'à l'heure d'allumer la Coleman, j'ai continué le livre de Raymond sur l'assassinat du duc d'Orléans. Il y aurait beaucoup à dire sur cette affaire. Mais ce n'est pas le moment et je n'ai guère l'esprit à ce genre de spéculation. Toutefois, il convient de souligner le manque d'objectivité du rapport rédigé par le prévôt de Paris à la suite du meurtre, et l'absence de perspicacité de l'auteur qui le cite et le commente. Les mobiles d'un crime politique sont toujours d'une extrême complexité et mêlés à des raisons occultes et mystérieuses, de sorte que ni la description minutieuse des faits ni la transcription de ce que les personnes impliquées ont à dire sur l'affaire ne suffisent pour tirer des conclusions soi-disant définitives. L'esprit retors du duc de Bourgogne dissimule des abîmes et des labyrinthes beaucoup plus tortueux que ceux entrevus par le bon prévôt et que Raymond tente de déchiffrer. Mais ce qui retient le plus mon attention, dans ce cas comme dans tous ceux qui ont coûté la vie à des hommes qui occupent une place exceptionnelle dans les chroniques, c'est la totale inutilité du crime, son absence notoire de conséquences sur le cours de ce magma informe et aveugle qui avance sans but ni dessein et qui s'appelle l'histoire. Seules l'incurable vanité des hommes et la place qu'avec leur narcissisme démesuré ils s'arrogent dans le courant furieux qui les entraîne, peuvent les conduire à penser qu'un tel homicide changera un destin écrit depuis toujours dans l'incommensurabilité de l'univers. Mais je crois qu'à mon tour j'ai fini par m'éloigner de la véritable portée de la mort du duc d'Orléans. Il suffit de considérer la jalousie et le sordide dépit qui ont inspiré l'assassin. C'est sans doute la raison pour laquelle plus j'avance dans ma lecture, moins l'affaire m'intéresse et plus je la compare au spectacle quotidien qu'offrent les hommes, où que nous allions les chercher. Dans n'importe lequel de ces misérables hameaux que nous avons laissés derrière nous, cohabitent un Jean sans Peur et un Louis d'Orléans à qui la mort a donné rendez-vous dans un renfoncement obscur semblable à celui de la rue Vieille-du-Temple. Il y a une monotonie du crime qu'on ne saurait conseiller de fréquenter ni dans les livres ni dans la vie. Pas même dans le mal, les hommes ne parviennent à surprendre ou à intriguer leurs semblables. De là l'action bienfaisante des bois, du désert et des étendues marines. Je le savais depuis toujours. Rien de nouveau. Je referme le livre. Un essaim de lucioles danse à hauteur de l'eau, accompagne un moment notre embarcation avant de se perdre au loin, dans les marais où la lune brille par endroits puis se cache derrière les nuages. Une averse s'approche et en signe de prélude envoie une brise fraîche qui me conduit doucement vers le sommeil.

2 juin

Ce matin nous avons croisé une chaloupe qui ressemble beaucoup à la nôtre. Elle était échouée au milieu du fleuve à cause d'un banc de sable où s'étaient accumulés des troncs et des branches charriés par le courant. Le lamaneur s'était endormi et l'embarcation s'était ensablée alors qu'elle descendait le fleuve. Le mécanicien qui l'accompagne regarde avec résignation et indifférence les efforts de son compagnon pour renflouer le bateau à l'aide d'une perche. Tandis que le capitaine tente de les aider en poussant avec notre chaloupe un des côtés de l'embarcation, j'entame la conversation avec le mécanicien qui continue de regarder avec scepticisme nos efforts pour remettre son bateau à flot. Je l'interroge sur les scieries. Il me dit qu'en effet, elles existent, qu'elles sont à une semaine de voyage à condition de ne pas avoir de problème avec les rapides qui se trouvent en amont. Mon intérêt pour ces installations l'intrigue. Je lui dis que je pense acheter du bois pour le revendre dans les ports du grand fleuve. Il me regarde avec un mélange d'étonnement et d'ennui. Il commençait à m'expliquer quelque chose sur les arbres quand le bruit de notre moteur, qui accélérait pour libérer enfin l'embarcation ensablée, m'a empêché d'entendre ce qu'il disait. A grands cris je lui ai demandé de m'expliquer à nouveau mais il a haussé les épaules avec indolence et est descendu mettre son moteur en marche tandis que le courant les entraînait rapidement. Ils ont disparu derrière une courbe du fleuve.

Nous poursuivons notre route. J'ai tenté de me renseigner auprès du capitaine sur ce qu'avait commencé à me dire le mécanicien.

– N'y pensez plus, m'a-t-il répondu. On dit beaucoup de bêtises là-dessus. Allez-y, vous constaterez vous-même. Je sais peu de chose de cette affaire. Les scieries sont là, je les ai vues à plusieurs reprises et j'ai transporté des gens qui y travaillent. Ils ne parlent que leur langue et cela ne m'intéressait pas de savoir ce qu'on fabrique là-bas ni de quel genre d'affaire il s'agit. Ce sont des Finlandais, je crois, mais si on leur parle allemand, ils comprennent. Mais, je vous le répète, n'écoutez ni les rumeurs ni les commentaires. Les gens d'ici ont tendance à inventer des histoires. Ils vivent de ça, de ce qu'ils racontent dans les villages et dans les garnisons. Ils embellissent les choses, les amplifient, les transforment et trompent l'ennui ainsi. Ne vous inquiétez pas. Vous êtes bien arrivé jusqu'ici. Faites vous-même votre enquête et vous verrez.

J'ai réfléchi aux paroles du capitaine et je me suis rendu compte que cette affaire de bois ne m'intéresse pratiquement plus. A supposer que nous rebroussions chemin aujourd'hui même, cela me serait égal. Si je ne le fais pas, c'est par pure inertie. Comme si ce voyage, ces paysages que nous avons traversés, l'expérience de la forêt partagée avec ceux que j'ai connus ici, le retour qui sera plein d'images, de voix, de vies, d'odeurs et de délires venant s'ajouter aux ombres qui me tiennent compagnie, n'avaient d'autre but que de débrouiller l'insipide écheveau du temps.

4 juin

Le courant s'est mis brusquement à changer d'aspect. On devine un lit abrupt et rocailleux. Les bancs de sable ont disparu, les berges se sont rapprochées et de petites collines ont commencé à surgir, contreforts se dressant au-dessus des berges et laissant à découvert une terre rouge qui ressemble par endroits au sang séché et prend parfois une coloration rosée. Au fond des ravins, les arbres dénudent leurs racines semblables à des os récemment polis, alors que sur leur cime fleurie le mauve et l'orangé se succèdent à un rythme que l'on pourrait croire volontaire. La chaleur augmente mais elle n'a plus cette humidité accablante, cette densité qui nous ôte toute volonté de mouvement. Une chaleur sèche, brûlante, nous enveloppe maintenant et s'applique à transmettre intacte la lumière qui, en tombant, donne à chaque chose une présence absolue et inévitable. Tout est silencieux, comme dans l'attente d'une révélation bouleversante. Le crépitement du moteur est une éclaboussure dans la quiétude extasiée du paysage. Le capitaine s'approche pour me prévenir.

– Dans peu de temps nous atteindrons les rapides. On les appelle les gorges de l'Ange. Je ne sais pas d'où vient ce nom. Peut-être de ce calme qui, lorsqu'on descend le fleuve, apaise les voyageurs et leur donne la certitude que le danger est passé. En naviguant vers l'amont il est, en revanche, un piège qui peut être fatal pour les novices. Ici, je récite toujours à voix haute la prière pour les pèlerins en danger de mort. Je l'ai écrite moi-même. La voici. Lisez-la. Si vous n'êtes pas croyant, elle servira au moins à vous faire oublier la peur.

Il me remet une feuille écrite des deux côtés et protégée par une chemise en plastique. Les taches de graisse, de boue, de crasse, accumulées avec le temps et le frottement d'innombrables mains, permettent à peine de lire le texte écrit d'une écriture féminine, orgueilleuse, pointue et d'une netteté provocante. Je me presse de transcrire l'oraison du capitaine avant que nous n'arrivions aux rapides :

« Vocation suprême de mes saints patrons et de leurs prédécesseurs, de mes guides et protecteurs de chaque instant,

sois présente en ce moment de danger, déploie ta lame, donne-nous ton courage, maintiens avec fermeté la loi de tes desseins,

révoque le désordre des oiseaux et autres créatures augurales, et lave le vestibule des innocents

là où la vomissure de ceux qui ont été répudiés se coagule en signe de malheur, là où les vêtements des pénitents

sont une souillure qui dévie notre boussole, rend nos calculs incertains et nos pronostics trompeurs.

J'invoque ta présence en cette heure et je déplore de tout cœur l'ensemble de mes prévarications :

mon pacte avec les léopards gavés dans les mangeoires,

ma faiblesse et ma tolérance envers les serpents qui changent de peau au seul cri des chasseurs égarés,

ma communion solidaire avec des corps qui sont passés de main en main comme le bâton qui aide à traverser les gués, et sur la peau desquels se cristallise la salive des humbles,

mon habileté à ourdir les mensonges du pouvoir et de l'intrigue qui écartent mes frères de la stricte application de leurs intentions,

mon inadvertance à proclamer tes pouvoirs dans

les bureaux des douanes et dans les salles de garde,

dans les pavillons de la douleur et dans les barques où fleurit la fête, dans les tours qui surveillent la frontière et dans l'antichambre des puissants.

Efface d'un seul trait tant de malheurs et tant d'infamies, garde-moi

dans la certitude de mon obéissance à tes lois amères, à ton arrogance insolente, à tes occupations distantes, à tes arguments désolés.

Je m'en remets tout entier à la domination de ta miséricorde indubitable et en toute humilité je me prosterne

pour te rappeler que je suis un pèlerin en danger de mort, que mon ombre ne vaut rien,

que celui qui meurt loin des siens n'est qu'un déchet piétiné dans les ruelles du marché,

que je suis ton serviteur impuissant et que ces paroles renferment le métal pur et sans alliage de celui qui a payé le tribut qui t'est

dû, maintenant et à jamais, dans les siècles et les siècles.

Amen. »

Mes doutes sur l'efficacité d'une litanie si barbare étaient plus que fondés, mais je n'ai pas osé en faire part au capitaine qui m'avait remis son texte avec tant de ferveur et tant de foi en ses vertus préventives et protectrices. Je me suis installé à l'avant, d'où je pouvais observer les tourbillons qui commençaient à secouer l'embarcation et je lui ai rendu son papier qu'il a mis dans la poche arrière de son pantalon où il garde aussi tous les instruments servant à nettoyer sa pipe.

7 juin

Nous avons traversé les rapides sans incident particulier, mais cette épreuve m'a révélé, à bien des égards, l'idée que jusqu'à hier j'avais du danger et de la présence réelle de la mort. Par présence réelle, je n'entends pas ce fantôme que nous avons l'habitude d'invoquer en imagination et que nous dotons d'un corps à partir d'éléments extraits du souvenir de ceux que nous avons vu mourir dans les circonstances les plus variées. Non. Il s'agit de percevoir en toute conscience la proximité immédiate et irréfutable de notre propre mort, la fin irrévocable de notre propre existence. Là, à portée de la main, irrécusable. Bonne épreuve, longue leçon.

Tardive, comme toutes les leçons qui nous concernent directement et profondément.

Le jour où le capitaine m'a donné sa fameuse prière à lire, le mécanicien avait décrété que nous devions faire une halte pour examiner le moteur. En pleine remontée des rapides, un raté signifie une mort certaine. Nous avons accosté et l'homme s'est appliqué à démonter, nettoyer et essayer chaque partie de la machine. Fascinant, le patient savoir avec lequel cet Indien, sorti des régions les plus reculées de la jungle, est parvenu à s'identifier à un mécanisme inventé et perfectionné dans des pays où les progrès de la civilisation reposent presque exclusivement sur la technique. Les mains de notre mécanicien s'agitent avec une telle habileté qu'elles semblent gouvernées par un esprit tutélaire de la mécanique, totalement étranger à cet aborigène au visage mongolien et informe et à la peau aussi glabre que celle d'un serpent. Il ne s'est calmé qu'après avoir vérifié scrupuleusement chaque étape de la marche du moteur. D'un bref signe de tête il a fait savoir au capitaine qu'il était prêt à traverser les gorges de l'Ange. La nuit tombée, nous avons décidé d'attendre le lendemain pour reprendre la route. Il était hors de question de remonter les rapides dans l'obscurité. Nous sommes partis aux premières lueurs de l'aube. Contrairement à ce que je croyais, les rapides ne se forment pas autour de rochers qui sortent de l'eau, se dressent contre le courant et le rendent plus violent. Tout se passe dans les profondeurs, au fond, là où le sol n'est que cavités, ondulations, grottes, remous, ravines, tandis que la pente s'accentue et que l'eau coule en un tourbillon fracassant à la force anéantissante, qui change de direction et d'intensité à chaque instant.

– Ne vous couchez pas dans le hamac. Restez debout et agrippez-vous bien aux piquets de la bâche. Ne regardez pas le courant et essayez de penser à autre chose.

Telles furent les instructions du capitaine qui est resté tout le temps à la proue, accroché à une fragile passerelle, aux côtés du mécanicien qui tenait la barre et envoyait de brusques secousses destinées à empêcher l'eau et l'écume de frapper lorsqu'elles se soulevaient soudain comme pour signaler le dos d'un animal inconcevable. Le moteur était projeté en l'air à tout moment et l'hélice tournoyait dans le vide, en un vertige colossal et incontrôlable. A mesure que nous nous engagions dans les gorges creusées par les eaux durant des millénaires, la lumière devenait plus grise tandis qu'un voile d'écume et de brume nous enveloppait, comme échappé du turbulent remous de l'eau et de son fracas contre la surface polie des parois qui forment son lit. On aurait pu croire que la nuit mettait des heures et des heures à tomber. La chaloupe bringuebalait, secouée comme si elle avait été faite de troncs de balsa. L'écho de sa structure métallique avait l'accent sourd d'un coup de tonnerre dans le lointain. Les rivets qui assemblaient les plaques de tôle vibraient et sautaient, communiquant à toute l'armature cette espèce d'instabilité qui précède le désastre. Les heures passaient et nous ne savions pas si nous avancions. C'était comme si nous étions installés pour toujours dans le vacarme des eaux, attendant d'être entraînés d'un moment à l'autre par le tourbillon. Une fatigue indicible a commencé à paralyser mes bras, et je sentais mes jambes se transformer en une matière molle et insensible. Lorsque j'ai cru que mes forces m'abandonnaient, j'ai entendu le capitaine me crier quelque chose. D'un mouvement de la tête il a désigné le ciel et sur son visage est apparu un sourire difforme et énigmatique. J'ai suivi son regard et vu que la lumière était par moments plus forte. Quelques rayons de soleil ont traversé le nuage d'écume et de brume qui a pris soudain les couleurs de l'arc-en-ciel. Les rugissements du torrent et les coups frappés sur la coque sont devenus plus sourds. La chaloupe avançait mais son tangage était maintenant sous le contrôle de l'effort régulier et ferme de l'hélice. Lorsque les brimbalements de l'embarcation se sont espacés, le capitaine s'est accroupi sur le plancher et m'a fait signe de m'allonger dans mon hamac. Son célèbre parasol de toutes les couleurs avait disparu. Quand j'ai voulu bouger, tout mon corps était en proie à la douleur, comme si l'on m'avait roué de coups. Je suis arrivé en titubant jusqu'au hamac et me suis couché avec une sensation de bien-être qui descendait le long de mon corps comme un baume auquel auraient rendu grâce chaque articulation, chaque muscle, chaque centimètre de ma peau transie et fouettée par les eaux. Une légère ébriété et l'approche sereine du sommeil m'ont peu à peu gagné tandis que je célébrais le bonheur d'être vivant. Le fleuve s'étendait de nouveau entre les joncs d'où s'envolaient des bandes de hérons qui allaient se poser sur les cimes fleuries des arbres. Une fois encore la chaleur sèche, immuable, immobile, est venue me rappeler d'autres après-midi s'achevant comme celui-ci dans un calme bienfaisant et sans frontière.

J'ai sombré dans un sommeil profond jusqu'au moment où le lamaneur m'a apporté une tasse de café chaud et quelques rondelles de bananes frites dans une assiette en émail ébréchée :

– Il faut manger quelque chose, Don, sinon vous ne reprendrez pas de forces, et après c'est la faim qui vous gagne et on se met à rêver avec les morts.

Sa voix avait un accent paternel qui m'a empli d'une nostalgie puérile et gratuite. Je l'ai remercié et j'ai bu le café d'un seul trait. Tandis que je mangeais les rondelles de banane, je sentais renaître une à une mes vieilles professions de foi envers la vie, envers ce monde dépositaire de surprises toujours renouvelées, et envers trois ou quatre personnes dont la voix me parvenait par-delà le temps et mon incurable transhumance.

8 juin

Le paysage commence à changer. Au début, les indices se présentent de façon sporadique et pas toujours très évidente. La température, bien qu'invariable, est traversée de temps à autre par de brèves rafales de brise dont la fraîcheur est tout à fait étrangère à cette fournaise aussi immobile qu'un animal obstiné refusant de poursuivre son chemin. Ces souffles d'air venus d'un autre climat me rappellent les veines du marbre, étrangères à la coloration, à la tonalité et à la texture de la matière principale. Les marais, de leur côté, disparaissent peu à peu, remplacés par une végétation naine et touffue qui exhale un mélange d'arômes semblable à l'odeur du pollen lorsqu'on le garde dans un récipient. Quelque chose qui rappelle le miel mais conserve encore une fragrance végétale très prononcée. Le lit du fleuve se rétrécit et devient plus profond. Les berges prennent peu à peu une consistance boueuse qui, au toucher, annonce l'argile. L'eau est d'une transparente fraîcheur et d'une légère couleur ferrugineuse. Ces changements influent sur l'humeur de tout le monde. La tension s'apaise, l'envie de parler revient et un éclat brille dans les regards, comme si nous percevions l'imminence de quelque chose longtemps convoité. Dans l'ultime clarté du soir, apparaît, là-bas, au-dessus de l'horizon, une ligne bleu acier qui tend à se confondre facilement avec les nuages orageux s'amoncelant à une distance impossible à préciser. Le capitaine s'approche pour me signaler l'endroit que je regarde avec tant d'intérêt. Tandis qu'il agite la main en un mouvement ondulatoire, comme s'il dessinait le profil d'une chaîne de montagnes, sans dire un mot il acquiesce d'un signe de tête et sourit, non sans une légère expression de tristesse qui de nouveau m'inquiète.

– Les scieries? dis-je comme pour esquiver la réponse.

Il hoche de nouveau la tête en signe d'acquiescement tandis qu'il hausse les sourcils et plisse les lèvres en un mouvement qui signifie quelque chose comme « Je ne peux rien faire, mais vous avez toute ma sympathie. »

Je m'assieds à l'avant, les jambes pendant au-dessus de l'eau qui m'éclabousse et m'apporte une sensation de fraîcheur qu'en d'autres circonstances j'aurais appréciée plus pleinement. Je pense aux factoreries et à la mauvaise surprise qu'elles occultent, que je pressens et à propos de laquelle personne n'a voulu me fournir de détails. Je pense à Flor Estevez, à son argent sur le point d'être précipité dans une aventure lourde de mauvais présages, je pense à mon habituelle maladresse pour aller de l'avant dans ce genre d'entreprise, et soudain je me rends compte que tout cela ne m'intéresse plus depuis bien longtemps. Penser à cela me procure un ennui combiné à la culpabilité paralysante de qui sait ne plus être concerné par l'affaire et cherche uniquement la façon de se libérer d'un engagement qui empoisonne chaque minute de sa vie. Cet état d'âme m'est plus que familier. Je sais très bien comment fausser compagnie à l'anxiété et au sentiment d'être en faute qui m'empêchent de profiter de ce que la vie m'offre chaque jour en récompense précaire de mon entêtement à demeurer auprès d'elle.

10 juin

Étrange dialogue avec le capitaine. Sous les mots circule quelque chose d'énigmatique. C'est pourquoi les transcrire est insuffisant. Le ton de la voix, les gestes, la façon qu'a le capitaine de se perdre dans de longs silences ont largement contribué à faire de notre conversation un de ces exercices où les mots, loin de transmettre ce que nous voulons dire, sont au contraire un obstacle et un élément de distraction. Ils cachent l'authentique raison du dialogue. Depuis son hamac, situé en face du mien, sa voix m'a fait sursauter. Je le croyais endormi.

– Ça va être bientôt fini, Gaviero. L'aventure s'achève.

– Oui, il semble que nous approchions des scieries. Aujourd'hui on aperçoit très clairement la Cordillère, ai-je répondu, tout en sachant que sa remarque veut exprimer autre chose.

– Je ne pense pas que les scieries vous intéressent vraiment. Je crois que ce que ce voyage nous réservait de décisif est arrivé. Vous ne trouvez pas?

– Oui, en effet. Il y a du vrai dans ce que vous dites, ai-je répondu pour lui permettre de poursuivre son idée.

– Écoutez, en y réfléchissant bien, vous vous apercevrez qu'entre la rencontre avec les Indiens et les gorges de l'Ange, tout s'est enchaîné, tout s'est déroulé dans un ordre parfait. Ces choses-là arrivent toujours à un rythme et dans un but bien défini. L'important c'est de savoir le déchiffrer.

– En ce qui me concerne, vous n'avez pas

tout à fait tort, capitaine. Mais vous? Qu'en est-il de vous?

– Il m'est arrivé bien des choses sur ces fleuves et sur le grand fleuve. Les mêmes choses, ou presque, que celles qui nous sont arrivées ces jours-ci. Mais ce qui m'intrigue, c'est l'ordre dans lequel, cette fois, elles se sont présentées.

– Je ne vous comprends pas, capitaine. Il y a eu un ordre pour moi, bien sûr, et un autre pour vous. Vous n'avez pas couché avec l'Indienne, vous n'êtes pas tombé malade au poste militaire, et vous n'avez pas cru mourir dans les gorges de l'Ange.

– Quand on rencontre quelqu'un qui a vécu ce que vous avez vécu, surmonté les épreuves que vous avez surmontées et qui ont fait de vous ce que vous êtes aujourd'hui, être votre témoin et votre compagnon est aussi important, sinon plus, que d'avoir vécu soi-même toutes ces choses. Les journées passées au poste militaire, au pied de votre hamac, à regarder comment la vie vous quittait, ont été une épreuve plus décisive pour moi que pour vous.

– C'est pour cela que vous avez abandonné votre gourde? lui ai-je dit un peu brutalement afin qu'il précise sa pensée.

– Pour ça et pour tout ce qui m'a alors traversé l'esprit. C'est comme si j'avais découvert soudain que je jouais un rôle qui n'était pas le mien. C'est terrible de vivre une partie de sa vie en jouant un rôle qui n'est pas fait pour soi et c'est pire encore de s'en apercevoir quand on n'a plus la force de rectifier le passé ni de retrouver ce que l'on a perdu. Vous me comprenez?

– Oui, je crois que je vous comprends. J'ai ressenti cela bien des fois, mais pendant peu de temps et j'ai toujours réussi à m'en sortir et à retomber sur mes pieds.

Je voulais détourner la conversation tout en essayant de lui faire comprendre que j'avais bien reçu son message.

– Vous êtes immortel, Gaviero. Peu importe qu'un jour vous trépassiez comme tout le monde. Cela ne change rien. Tant que vous vivrez, vous serez immortel. Moi je crois que je suis mort depuis longtemps. Ma vie est comme si l'on avait cousu de façon fantaisiste les chutes de tissu qui subsistent après qu'on a taillé un costume. Lorsque j'ai compris cela, j'ai rangé l'eau-de-vie. Il est impossible de se mentir plus longtemps. En vous voyant ressusciter dans la salle de classe et vaincre la maladie, j'ai vu clair en moi. J'ai vu où était mon erreur et depuis quand je m'étais trompé.

– En quittant Hambourg, peut-être? ai-je dit pour tâter le terrain.

– Peu importe, vous comprenez, peu importe. C'était peut-être au moment de fuir avec la Chinoise, ou en abandonnant les Antilles. Je ne sais pas. Après tout qu'est-ce que cela peut faire? C'est pareil.

Dans le ton de sa voix il y avait comme un courroux, comme une irritation qui s'adressait plus à lui qu'à moi. Comme si, en commençant cette conversation, il n'avait pas eu l'intention d'aller aussi loin.

– Oui, ai-je poursuivi, vous avez raison. Peu importe. Lorsqu'on en arrive à de telles conclusions, ce qui s'est passé au début n'ajoute ni n'explique pas grand-chose de plus.

Un long silence m'a fait croire qu'il s'était rendormi. Mais il m'a de nouveau fait sursauter :

– Il y a quelqu'un qui en sait autant que nous sur cette question, m'a-t-il dit sur un ton qui aurait pu être drôle.

– Qui?

– Le major, voyons, le major. C'est pour

cela qu'il est revenu au poste. Jamais je ne l'avais vu aussi intrigué par un malade. Et pourtant il a vu mourir plus d'un soldat. Il n'est pas homme à s'émouvoir pour un rien. Vous vous en êtes aperçu. Je n'ai rien à vous apprendre. Eh bien, sachez qu'il est resté de longues heures à votre chevet, attentif à votre délire et à la lutte que, tel un fauve que l'on vient de capturer, vous meniez dans ce hamac.

– Oui, je me suis douté de quelque chose à son attitude et aux paroles qu'il m'a adressées lorsque je lui ai dit au revoir. Il ne comprenait pas pourquoi j'étais guéri et il en était intrigué.

– Vous vous trompez. Il l'a aussi bien compris que moi. Il a su découvrir en vous la marque de l'immortalité et cela l'a déconcerté au point que son caractère a complètement changé. C'est la première fois que je découvre une faille en lui. Je le croyais invulnérable.

– J'aimerais le revoir, ai-je dit, pensant à voix haute.

– Vous le reverrez. Ne vous inquiétez pas. Lui aussi est intrigué. Lorsque vous vous retrouverez, vous vous rappellerez ce que je vous ai dit.

Il parlait maintenant d'une voix sourde, feutrée, distante.

J'ai compris que notre conversation avait pris fin. Je suis resté longtemps éveillé, tournant et retournant dans tous les sens les mots du capitaine afin de découvrir la signification souterraine qui émanait d'eux et m'atteignait au plus profond de mon être, pilonnant des régions oubliées de ma conscience et semant des signaux d'alarme un peu partout. C'était comme si on m'avait posé des ventouses dans l'âme.

12 juin

La Cordillère se dresse à l'horizon, devant nous, avec une étonnante netteté. Je m'aperçois que j'avais oublié les sentiments qu'elle m'inspire et à quel point elle représente pour moi un environnement protecteur, une source inépuisable d'exercices tonifiants, de défis qui aiguisent mes sens et fortifient mon besoin de braver le hasard pour tenter d'en définir les limites. Devant le spectacle de cette chaîne de montagnes que voile la teinte azurée de l'air, je sens monter en moi une confession muette qui me remplit de joie car moi seul sais jusqu'à quel point elle explique et donne un sens à chaque heure de ma vie : « Je suis de là-bas. Lorsque j'en pars, je commence à mourir. » C'est peut-être ce que le capitaine a voulu dire en faisant allusion à mon immortalité. Bien sûr, tout est clair maintenant. Flor Estevez et son indomptable chevelure d'ébène, ses paroles brutales et bienfaisantes, son corps en désordre et ses berceuses pour ruffians et marmots dont elle seule comprend l'innocence démunie, parce qu'elle possède cette sagesse de femme stérile qui saisit la vie à bras-le-corps et la secoue jusqu'à l'obliger à lui donner tout ce qu'elle demande.

La Cordillère. Tant de choses se sont produites avant l'expérience de la forêt, avant que je ne découvre, alors que sont encore fraîches sur mon corps les cicatrices des épreuves que m'a fait subir son mol enfer en décomposition, que ma véritable demeure est là-haut, entre les ravins profonds où ondulent des fougères géantes; dans les galeries abandonnées des mines; dans le bocage humide des plantations de caféiers qu'habille la neige étonnée de leurs fleurs ou la rouge fête de leurs fruits; parmi les bananiers au tronc d'une inexprimable douceur et aux révérentes feuilles d'un vert tendre, accueillant et poli; sur ses fleuves qui descendent en frappant les grandes pierres chauffées par le soleil, délices des reptiles qui pratiquent sur elles leurs exercices érotiques et y tiennent de muettes assemblées; dans les bandes vertigineuses de perruches qui traversent le ciel en hurlant un charabia de soldats partant peupler les hautes cimes des cambulos. Oui, c'est là qu'est ma demeure et je le sais maintenant avec la plénitude de qui a enfin trouvé sa place sur la terre. C'est de là que je repartirai, je ne sais combien de fois, mais pas pour retourner à l'endroit d'où je viens à présent. Loin de la Cordillère, je sais que je souffrirai de son absence, qu'elle sera une douleur nouvelle faite de l'anxiété fébrile de la retrouver pour me perdre sur ses chemins qui sentent la montagne, l'herbe yaragua, la terre humide de pluie et la canne à sucre fraîchement moulue.

La nuit est tombée et je m'allonge dans mon hamac. Telle une promesse et une confirmation, s'avance une brise fraîche qui apporte par intermittence un arôme de fruits dont l'existence s'était effacée de ma mémoire. Je glisse dans le sommeil comme si j'allais vivre une fois encore ma jeunesse, le temps bref d'une nuit au cours de laquelle je la retrouverai intacte, à l'abri de ma propre maladresse et de ma fréquentation du néant.

13 juin

Aujourd'hui, j'ai fini le livre sur le meurtre de Louis d'Orléans, ordonné par Jean sans Peur, duc de Bourgogne. J'ai rangé le livre dans mes maigres bagages car j'ai l'intention de revenir sur quelques détails de cette affaire. Il y a eu, c'est évident, une longue provocation de la part de la victime, encouragée par Isabeau de Bavière, sa belle-sœur et à coup sûr sa maîtresse. La pudeur du prévôt de Paris et les minauderies de l'auteur ne permettent pas d'élucider ce mystère qui me semble d'une importance capitale. On pourrait considérer la lutte entre Armagnacs et Bourguignons, en particulier ses origines et les mobiles véritables qui lui ont donné naissance, de plusieurs points de vue tout à fait surprenants. Mais laissons cela pour une autre occasion. Dans les archives d'Anvers et de Liège il doit y avoir des documents révélateurs qu'un jour il me faudra feuilleter. Je me propose de le faire, si je peux encore rendre service à mon cher Abdul Bashur et à ses amis. Abdul, tout un personnage. En lui cohabitent l'ami chaleureux et inconditionnel, disposé à tout perdre pour me tirer d'un mauvais pas, et le commerçant d'une astuce implacable, compromis dans d'inextricables vendettas auxquelles il consacre le meilleur de son temps et de sa fortune. Je l'ai connu dans un café de Port-Saïd. Il était assis à une table voisine, essayant de vendre une collection d'opales à un juif de Tétouan qui, soit ne comprenait pas le jargon d'Abdul, soit faisait semblant de ne pas le comprendre afin, tout argument épuisé, de pouvoir acquérir la marchandise à moindre prix. Abdul m'a regardé et, avec cette intuition qu'ont les levantins pour deviner en quelle langue ils peuvent s'adresser à un inconnu, il m'a demandé en flamand de l'aider à conclure l'affaire, non sans m'avoir offert une commission intéressante. Je me suis installé à sa table et me suis mis à converser en espagnol avec l'israélite. Abdul me donnait les arguments en flamand et je les exposais en espagnol. L'affaire fut conclue telle qu'Abdul le voulait. Nous demeurâmes là tandis que le juif s'éloignait en tripotant ses pierres et en marmonnant des malédictions détournées contre toute la lignée de mes aïeux. Abdul et moi devînmes rapidement de très bons amis. Il me raconta qu'il possédait avec des cousins une affaire de chantiers, mais qu'ils traversaient une mauvaise passe. Il réunissait l'argent nécessaire pour retourner à Anvers et remettre la société à flot. Nous avons bourlingué dans plusieurs endroits de la Méditerranée, jusqu'à Marseille où nous sommes parvenus à vendre un chargement extrêmement compromettant dont personne ne voulait. Les bénéfices de l'opération permirent à Abdul de remonter son affaire et je pus gaspiller la partie qui me revenait dans l'invraisemblable opération des mines de Cocora, où j'ai tout perdu et failli laisser ma peau. Mais l'occasion m'a déjà été donnée de raconter tout cela.

Abdul Bashur m'écrivit plus tard pour me proposer l'affaire du cargo battant pavillon tunisien mais je décidai alors de tenter ma chance dans celle des scieries qui, à ce que j'ai pu comprendre, promet bien peu, peut-être même rien. Maintenant que tous ces événements et ces projets d'autrefois me reviennent à l'esprit, je sens une fatigue, une torpeur et une apathie indicibles m'envahir, comme si j'avais passé dix ans de ma vie dans ces lieux de perdition et de ruine.

16 juin

Avant-hier, à l'aube, j'ai été réveillé par une ombre qui cachait à mes yeux le premier rayon du soleil auquel je suis habitué car il m'oblige à me retourner dans mon hamac sans me réveiller tout à fait et à dormir une heure encore de ce sommeil particulièrement réparateur après une nuit agitée. Quelque chose accroché aux piquets de la bâche cachait la lumière. Je me suis réveillé en sursaut. Le corps du capitaine se balançait doucement, suspendu au support horizontal. Il était là, le dos tourné, la tête reposant sur le câble épais dont il s'était servi pour se pendre. J'ai appelé Miguel, le mécanicien, qui m'a aidé à décrocher le corps. La figure tuméfiée, les yeux exorbités lui donnaient une expression horrifiée et grotesque qui le rendait méconnaissable. C'est alors que je me suis rendu compte que ses traits avaient toujours exprimé, fût-il dans le pire état d'ébriété, une certaine dignité ordonnée qui n'était pas sans rappeler les acteurs d'autrefois confinés dans les grands rôles tragiques du théâtre grec ou élisabéthain. Nous avons fouillé dans ses affaires pour le cas où il aurait laissé une note mais nous n'avons rien trouvé. Le visage du mécanicien était plus hermétique et plus inexpressif que jamais. Le lamaneur s'est approché pour nous observer et remuait la tête avec cette compréhension résignée caractéristique des vieillards. Nous avons accosté là où le terrain permettait de donner une sépulture appropriée au corps du capitaine. Nous l'avons enveloppé dans le hamac où il dormait le plus souvent. Nous avons creusé la terre qui avait la consistance de l'argile et une couleur rougeâtre qui se faisait de plus en plus intense à mesure que la fosse était plus profonde. Cette tâche nous a pris plusieurs heures. A la fin, nous étions trempés de sueur et nos membres nous faisaient mal. Nous avons descendu le corps et remis la terre en place. Le lamaneur, entretemps, a fait une croix avec deux branches de gaïac qu'il avait coupées à peine avions-nous mis pied à terre, et qu'il s'était mis à tailler avec une tendre patience tandis que nous creusions la terre avec les pelles. Sur la branche transversale, il a gravé au couteau en lettres finement tracées : « Le Capi ». Nous sommes restés un instant silencieux autour de la tombe. J'ai pensé prononcer quelques mots mais je me suis rendu compte que c'eût été briser le recueillement dans lequel nous nous trouvions. Chacun évoquait à sa manière et avec ses propres souvenirs le compagnon qui avait enfin trouvé le repos après avoir vécu, comme il me l'avait dit tant de fois, une vie qui n'était pas la sienne. Tandis que nous nous dirigions vers le bateau pour continuer notre voyage, j'ai compris que je laissais là un ami exemplaire dans sa solidaire discrétion et dans son affection sûre et sans épines.

Le bateau parti, je suis allé bavarder avec le mécanicien pour lui demander comment nous allions poursuivre le voyage.

– Ne vous inquiétez pas, m'a-t-il dit dans son galimatias barbare mais intelligible, nous irons jusqu'aux scieries. Je suis propriétaire du bateau depuis deux ans. Quand le Capi l'a acheté à la garnison militaire du grand fleuve, je lui ai mis ce moteur, que je gardais depuis longtemps en attendant une occasion comme celle-ci. Plus tard, j'ai acheté le bateau, mais je n'ai jamais voulu qu'il abandonne son poste. Où serait-il allé et qui l'aurait accueilli avec tout ce qu'il buvait? Les ordres qu'il criait devaient lui donner l'impression qu'il était encore maître à bord. C'était un homme bon. Il souffrait beaucoup, mais qui mieux que moi pouvait le comprendre? Il m'appelait Miguel. Mon vrai nom c'est Xendu, mais il ne l'aimait pas. Il avait beaucoup de respect pour vous et parfois il regrettait de ne pas vous avoir connu plus tôt. Il disait qu'ensemble vous auriez fait de grandes choses.

Miguel est retourné à son moteur et, adossé à l'un des piquets, je suis demeuré là à contempler le courant. Je pensai une fois encore que nous ignorons tout de la mort et que tout ce que nous pouvons dire, inventer, divulguer à son propos n'est que misérables fantaisies et n'a rien à voir avec le fait nécessaire, inéluctable et sans équivoque dont nous emportons le secret, s'il existe, en mourant. Il était évident que le capitaine avait pris depuis plusieurs jours la décision de se donner la mort. Cesser de boire était le signe que quelque chose s'était enrayé en lui, quelque chose qui le gardait en vie mais s'était à jamais brisé. Notre conversation de l'autre soir me revient maintenant en mémoire avec une clarté indéniable. Il m'informait de ce qu'il avait décidé. Il n'était pas homme à dire ainsi, de but en blanc : « Je vais me tuer. » Il avait la pudeur des vaincus. Je n'ai pas voulu déchiffrer le message, ou mieux, j'ai préféré qu'il demeure enfoui dans ce recoin de l'âme où nous gardons les nouvelles irréfutables, celles qui s'accomplissent fatalement, avec ou sans nous. Je pense qu'il a dû me savoir gré de mon attitude. Ce qu'il m'a dit était à évoquer après sa mort et à perpétuer en même temps que son souvenir qui, il le savait, m'accompagnerait pour toujours. Quelle discrétion dans sa façon de se donner la mort. Il a attendu que je sois profondément endormi. Cela a dû se passer peu avant l'aube. Il ne pouvait faire autrement que d'utiliser un des piquets de la bâche. Toute autre façon d'en finir eût attiré notre attention. Cette pudeur parachève harmonieusement son caractère et me le rend plus proche encore, plus conforme à une certaine idée que j'ai des hommes qui savent se frayer un chemin au milieu du troupeau égaré et abasourdi de leurs semblables. Plus je pense à lui, plus je m'aperçois que je connais pratiquement tout de sa vie, de sa façon d'être, de ses dépressions et de ses illusions trouvées. Il me semble avoir connu ses parents : la mère, une Peau-Rouge indomptée et fidèle à son homme ; le père, égaré dans le rêve de l'or et du bonheur inaccessible. Je vois la grosse maquerelle du bordel de Paramaribo et j'entends son rire jouisseur et ses pas de plantigrade sensuel. Et la Chinoise. De toutes ces créatures, c'est elle qui m'est la plus proche. Il y aurait beaucoup à dire sur elle et sur le fait qu'il l'ait abandonnée dans le grand cloaque de Sankt-Pauli. Ce fut une façon de commencer à mourir, de commencer à élaborer sa propre mort à un rythme irréversible, en se mutilant irrémédiablement. Je ne peux trouver le sommeil. Toute la nuit je me suis retourné dans mon hamac en évoquant, en méditant, en reconstruisant un passé immédiat qui m'a enseigné deux ou trois choses, lesquelles marqueront à jamais les jours qui me restent à vivre. Ma mort commence peut-être ici. Je n'ose pas trop y penser. Je préfère que tout se remette en ordre de soi-même. Pour l'instant, l'important est de rentrer au plateau et de retrouver la protection sévère et tonique de Flor Estevez. Elle aurait très bien compris le capitaine. Qui sait : elle a un flair très aiguisé pour découvrir les perdants bien qu'ils ne soient pas son genre. Comme tout est compliqué. Combien de faux pas dans ce labyrinthe dont nous faisons tout pour ignorer la sortie, combien de surprises, et plus tard quelle monotonie lorsque nous constatons que ces surprises n'en étaient pas, que tout ce qui nous arrive a le même visage, une origine identique. Le sommeil ne viendra plus. Je vais aller boire un café avec Miguel. Je sais où conduisent ces élucubrations sur l'irrémédiable. Il est une aridité dont il vaut mieux ne pas s'approcher. Elle est en nous et il est préférable d'ignorer l'étendue qu'elle occupe dans notre âme.

18 juin

J'ai pris des feuilles de papier timbré à en-tête officiel que le capitaine rangeait dans un tiroir avec d'autres documents concernant le bateau et les formalités douanières. Je me rends compte que j'ai du mal à poursuivre ce journal. D'une certaine façon, difficile à établir, une bonne partie de ce que j'ai écrit jusqu'à maintenant était en rapport avec sa présence. Non qu'il me soit venu à l'esprit qu'un jour il pourrait le lire. Loin de moi une telle idée. Mais c'est comme si sa compagnie, sa personnalité, son passé, sa manière de subsister en marge de la vie, étaient pour moi une référence, un exemple, une source d'inspiration, pour le dire tout de go en dépit de la sottise dont les niais n'ont cessé d'entourer cette expression. Dans ce que je consigne maintenant sur ces feuillets ne concernant que moi et les choses que je vois ou les événements qui ont lieu autour de moi, il y a un vide, une apesanteur qui me donnent le sentiment d'être comme un de ces innombrables voyageurs partis à la recherche d'expériences nouvelles et d'émotions inattendues. Et cela provoque en moi un refus radical, presque physiologique. Pourtant, il me suffit d'évoquer quelques-unes de ses phrases, certains de ses gestes ou de ses ordres effrénés pour trouver de nouveau la force qui me permet de continuer à barbouiller ces pages. Cette nuit, j'ai fait un rêve tout à fait révélateur, si riche en détails, si dense, si cohérent qu'il m'insufflera certainement l'énergie souterraine dont j'ai besoin pour continuer à écrire ce journal.

J'étais avec Abdul Bashur sur un quai d'Anvers – dont il prononçait toujours le nom en flamand : Antwerpen – et nous nous apprêtions à visiter le cargo dont il allait me confier la surveillance. Nous sommes arrivés devant le navire qui venait d'être repeint et brillait comme un sou neuf avec ses tubulures et ses passerelles éclatantes et nettes. Nous avons grimpé la passerelle. Sur le pont, une femme frottait le plancher avec une énergie et une concentration inquiétantes. Ses rondeurs étaient mises en valeur chaque fois qu'elle se penchait pour brosser une tache rebelle. Je la reconnus immédiatement : c'était Flor Estevez. Elle s'est relevée en souriant et nous a salués avec sa cordialité bourrue de toujours. Elle a dit quelque chose à Abdul qui m'a fait comprendre qu'ils se connaissaient, puis elle s'est retournée pour s'adresser à moi : « Nous avons presque terminé. Lorsque ce bateau quittera le port, tout le monde en sera jaloux. Dans la cabine il y a du café et quelqu'un vous attend. » Son chemisier était ouvert. Ses seins, dorés et abondants, débordaient presque. Je l'ai laissée sur le pont non sans regret et j'ai suivi Bashur jusqu'à la cabine. Le capitainc était là, derrière son bureau où s'entassaient en désordre des papiers et des cartes. Il avait sa pipe à la main et nous reçut avec une poignée de main vigoureuse et brève, quelque peu étudiée. « Bon, a-t-il dit tandis qu'il caressait sa barbe de la main qui tenait la pipe, me voici de nouveau. Ce qui s'est passé dans la chaloupe n'était qu'un essai. Ça n'a pas marché. Ici, nous avons travaillé très dur. Et que nous vendions ou que nous utilisions nous-mêmes le bateau, son achat aura été une magnifique affaire. La dame pense que ce serait mieux de le garder. Je lui ai dit qu'on verrait ce que vous en pensez. Il est vrai, Gaviero, qu'elle vous attendait avec une grande impatience. Elle a apporté les affaires que vous aviez laissées au plateau et elle avait peur qu'il ne manque quelque chose. » Je lui ai expliqué que nous venions de la croiser. « Alors venez, a-t-il poursuivi, je veux que vous jetiez un coup d'œil sur tout. » Nous sommes allés dehors. La nuit tombait très rapidement. Le capitaine marchait en tête pour nous montrer le chemin. Chaque fois qu'il se retournait je remarquais que son visage changeait, qu'une tristesse et une moue de désarroi se posaient avec une évidence croissante sur ses traits. Lorsque nous sommes arrivés dans la chambre des machines, je me suis aperçu qu'il boitait légèrement. J'ai eu alors la certitude que ce n'était pas lui, que c'était un autre que nous suivions et, en effet, lorsqu'il s'est arrêté pour nous montrer la chaudière, nous nous sommes soudain trouvés devant un vieillard vaincu et maladroit, qui bredouillait des explications décousues n'ayant rien à voir avec ce que désignait sa main tremblante et crasseuse. Abdul n'était plus avec moi. Un vent glacé est entré par les écoutilles, faisant tanguer le bateau dont la solidité et la majesté avaient disparu. Le vieillard s'est éloigné vers un escalier qui descendait dans les profondeurs de la cale. Je me suis retrouvé devant un tas de vieille ferraille, bielles, boulons hors d'usage depuis longtemps. J'ai pensé à Flor Estevez. Où était-elle? Je ne pouvais l'imaginer au milieu des ruines sordides qui m'entouraient. En courant vers le pont pour la retrouver, j'ai trébuché sur une marche d'escalier qui a cédé sous mes pas et je suis tombé dans le vide.

Je me suis réveillé trempé de sueur avec dans la bouche l'amère sensation d'avoir mastiqué un fruit en décomposition. Le courant du fleuve est plus irrégulier et plus fort. Une brise de montagne souffle comme pour annoncer l'approche d'une région complètement différente de celles que nous avons traversées jusqu'ici. Le lamaneur, les yeux fixés sur la Cordillère, prépare un mélange de haricots et de manioc qui exhale une odeur fade. Je me souviens de la forêt et de son milieu délétère et fangeux.

19 juin

Aujourd'hui j'ai eu avec le lamaneur une conversation qui m'a servi à éclaircir, partiellement du moins, l'énigme des scieries. Le matin, il m'avait apporté du café et les indispensables bananes frites. Il est resté là, attendant que je finisse mon petit déjeuner, désirant de toute évidence me dire quelque chose.

– Eh bien, on arrive, n'est-ce pas? ai-je dit pour l'aider à me confier ce qui le gênait et qu'il ne parvenait pas à dire à cause de cette distance dans laquelle se réfugient les vieillards afin d'éviter d'être blessés ou mal compris.

– Oui monsieur, il n'y en a plus que pour quelques jours. Vous n'êtes jamais allé là-bas, n'est-ce pas?

Il y avait une pointe de curiosité dans sa question.

– Jamais. Mais, dites-moi, qu'y a-t-il réellement dans ces factoreries?

– Les machines, ce sont des messieurs

venus de Finlande qui les ont installées. Il y a trois scieries, situées à plusieurs kilomètres les unes des autres. Les soldats les surveillent mais les ingénieurs sont partis. Ça fait plusieurs années de ça.

– Et quel bois pensaient-ils utiliser? Par ici il ne semble pas y avoir du bois en quantité suffisante pour alimenter trois usines telles que vous me les décrivez.

– Je crois qu'au pied de la Cordillère il y a du bon bois. C'est ce que j'ai entendu dire. Mais il paraît qu'on ne peut pas le transporter jusqu'aux scieries.

– Pourquoi?

– Je ne sais pas, monsieur. Vraiment je ne pourrais pas vous le dire.

Il me cachait quelque chose. J'ai vu passer sur son visage une ombre de peur. Les mots ne lui venaient plus aussi spontanément et aussi facilement. L'envie de bavarder avait passé et il considérait en avoir assez dit.

– Mais qui est au courant de tout cela? Les soldats pourront peut-être me fournir quelques informations quand nous arriverons. Vous ne croyez pas?

Je n'avais pas grand espoir de lui soutirer encore quelque chose.

– Non monsieur, pas les soldats. Ils

n'aiment pas qu'on leur pose des questions là-dessus et je ne crois pas qu'ils en sachent beaucoup plus que nous.

Il a fait mine de se retirer en prenant la tasse et l'assiette vides.

– Et si je parle au major?

J'avais soulevé un point délicat. Le vieil homme restait immobile et n'osait pas me regarder.

– Je lui parlerai s'il le faut. Je suis sûr qu'il me dira ce que je veux savoir. Vous ne croyez pas?

Le lamaneur s'est dirigé lentement vers l'arrière et a murmuré, les yeux fixés dans le lointain :

– A vous il dira peut-être quelque chose. A nous qui vivons ici il ne dit jamais rien et il n'aime pas qu'on se mêle de cette affaire. Parlez-lui si vous voulez. Allez-y. Je crois savoir qu'il a confiance en vous.

Tandis qu'il marmonnait ces mots il haussait les épaules comme qui doit se résigner devant l'irrémédiable et la bêtise des autres, une résignation propre aux vieillards et encore plus accusée chez lui. Je me suis souvenu de sa conduite lorsque nous avons décroché le cadavre du capitaine et lorsque plus tard nous l'avons enterré. Il ne voulait pas participer aux jeux dangereux des hommes. Il avait tant vécu que le manque de bon sens devait lui être non seulement intolérable mais tout à fait étranger.

Dans ce que le lamaneur m'a raconté il n'y a pas grand-chose de neuf. De fil en aiguille, j'ai acquis depuis longtemps la certitude que l'affaire, telle que me l'ont décrite le camionneur au plateau et les gens que j'ai interrogés en arrivant dans la forêt, n'est qu'un mirage bâti sur des rumeurs : de vagues promesses de richesse à portée de la main et un de ces coups de chance qui, en réalité, n'arrive jamais qu'aux autres. Et il n'y a pas mieux que moi pour tomber dans ce genre de piège puisque toute ma vie je n'ai fait que me lancer dans des aventures au bout desquelles je trouve toujours la même désillusion. Bien que je finisse toujours par me consoler en pensant que le jeu à lui seul en valait la chandelle et qu'il n'est besoin de chercher autre chose que le plaisir de courir le monde sur des chemins qui, au bout du compte, se ressemblent tous. Malgré tout, cela vaut la peine de les suivre pour chasser l'ennui et la mort, la nôtre, celle qui nous appartient vraiment et attend que nous sachions la reconnaître et l'adopter.

21 juin

Déception croissante et manque d'intérêt, non seulement pour l'histoire des factoreries, mais pour le voyage lui-même et tous ses incidents, contretemps et révélations. Le paysage semble être en harmonie avec mon état d'âme : une végétation presque naine, d'un vert intense, et cette odeur de pollen concentré qui semble coller à la peau; une lumière tamisée par une brume ténue qui brouille les distances et le volume des objets. Durant toute la nuit une bruine persistante n'a cessé de tomber, inondant la bâche et faisant couler sur nos corps des gouttes tièdes qui ressemblaient plus à de la sève qu'à de la pluie. Miguel, le mécanicien, rouspète à chaque instant à cause des problèmes de moteur. Je ne l'avais jamais entendu se plaindre, pas même lorsque nous avions dû affronter les rapides. Il est évident que la forêt lui manque et que cette terre agit sur son humeur, émousse ses liens avec la machine. Comme si, brusquement désemparé, il devait soudain affronter le moteur en étranger et en ennemi. Le lamaneur ne quitte pas la Cordillère des yeux. De temps en temps, il remue la tête comme s'il s'agissait de chasser une idée qui le perturbe.

Ce n'est pas l'état d'âme le plus indiqué pour continuer à écrire ces notes. Je me connais assez pour savoir que sur cette pente-là je n'aurai bientôt plus rien à quoi me raccrocher. Dans la solitude des parages et sans autre compagnie que ces deux résidus du travail dévastateur de la forêt, le risque est grand de ne pas même conserver les plus infimes raisons de demeurer parmi les vivants. La bruine est venue avec la lumière de l'après-midi. Le brouillard s'est dissipé et l'endroit a, par moments, une transparence de création du monde. Le lamaneur m'a fait signe, depuis la proue, pour me montrer, là-bas, droit devant nous, au pied de l'escarpement massif des montagnes, un reflet métallique qui, dans les derniers rayons du soleil, prend un ton doré rappelant les dômes des petites églises orthodoxes de la côte dalmate.

– Les voilà. Ce sont elles. Demain soir nous y serons, si tout va bien, m'a-t-il expliqué de sa voix épuisée et dépourvue de nuances, comme celle d'une marionnette de ventriloque.

Je me suis surpris à désirer que le voyage se prolonge encore pour un temps indéterminé, afin de tenir éloigné le moment où il me faudra affronter la fâcheuse réalité de ces structures démesurées dont l'éclat se ternit à mesure que la nuit s'avance et que grandit le chant des grillons et des bandes de perroquets cherchant un refuge nocturne dans les contreforts de la montagne. Je me suis mis à écrire une lettre à Flor Estevez, sans autre but que de la sentir plus proche et plus attentive à l'invraisemblable histoire de ce voyage. J'espère pouvoir la lui remettre un jour. Pour l'instant, le soulagement que me procure la rédaction de ces lignes est, sans nul doute, une façon d'échapper au glissement vers le néant qui me gagne et qui, pour mon malheur, m'est plus familier que lorsque je l'imagine et l'évoque comme un état qui est passé sans laisser de traces apparentes.

« Flor, ma dame. Si les chemins du Seigneur sont insondables, ceux que j'ai choisi de parcourir sur cette terre ne le sont pas moins. Me voici sur le point d'atteindre ces fameuses factoreries dont nous avait parlé le chauffeur qui transportait du bétail en provenance des plaines, et je n'en sais guère plus sur elles que ce qu'il nous avait raconté ce soir-là, de rhum en confidences, à La Neige de l'Amiral où, soit dit en passant, je voudrais être en ce moment plutôt qu'ici. En effet, d'après les vagues renseignements que j'ai pu glaner pendant la remontée du Xurando, j'ai de bonnes raisons de croire que tout cela n'aboutira à rien; ce fleuve est plus capricieux, plus courroucé, plus grognon que vous lorsque le ciel au-dessus du plateau s'assombrit et qu'il pleut toute la journée et toute la nuit au point que même les couvertures semblent trempées. L'autre nuit, j'ai rêvé de vous, et je ne vous dirai pas dans quelles circonstances car il me faudrait raconter la vie des autres personnages du rêve alors que vous ne les connaissez pas, ce qui m'obligerait à remplir trop de pages. J'écris quand je le peux sur des feuilles de qualité et d'origine variables, un journal où je consigne tout, depuis mes rêves jusqu'aux accidents de parcours, depuis le caractère et la personnalité de ceux qui voyagent avec moi jusqu'au paysage qui défile devant nous tandis que nous remontons le fleuve. Mais pour en revenir à ce rêve, je peux tout de même vous avouer que, grâce à lui, je me suis rendu compte de la place de jour en jour plus grande que vous prenez dans ma vie, et de la façon dont votre corps et votre caractère, qui n'est pas toujours doux, régissent mes tribulations et le désespoir dans lequel je trouve refuge lorsque je suis las des errances et des surprises. Bien sûr, au point où nous en sommes, tout ceci ne doit guère vous surprendre. Je connais vos talents de voyante et de pythie hermétique. Je ne m'attarderai donc pas à vous raconter par le menu à quel point me manquent, dans ce hamac, le désordre de votre corps et votre voix bramant d'amour comme si vous étiez engloutie par un tourbillon. Ce ne sont pas là des choses que l'on devrait écrire, non seulement parce que l'on n'y gagne rien mais parce qu'elles acquièrent dans l'évocation je ne sais quelle rigidité et subissent de tels changements que les traduire en mots ne vaut pas la peine. J'ignore comment les choses se présenteront ici. Ce qui est sûr, c'est que devant moi il y a la Cordillère dont me parviennent les murmures et les senteurs. Je ne cesse de penser à ces lieux où, je le sais maintenant en toute certitude, se trouve ma place sur cette terre. J'ai gardé votre argent et je soupçonne fort qu'il vous sera retourné intact, ce qu'en vérité, je souhaite. J'ai pensé vous décrire un peu la forêt et vous raconter la vie des habitants de ces lieux, mais je crois que vous en saurez davantage en lisant mon journal, à condition que son auteur et lui parviennent sains et saufs jusqu'à vous. J'ai vu deux fois la mort, elle avait chaque fois un visage différent et me récitait des psaumes, et elle était si proche que j'ai bien cru ne pouvoir lui échapper. Curieusement, cette expérience ne m'a pas changé et n'a servi qu'à me faire prendre conscience que depuis toujours cette dame me surveille et compte mes jours. Le capitaine, dont j'espère pouvoir bientôt vous parler longuement, m'a dit qu'il importe peu que je doive mourir un jour, chose prévisible, car tant que je serai vivant je serai immortel. Enfin, ce n'était pas tout à fait comme ça. C'était mieux dit, bien sûr, mais l'idée est là. Ce qui retient le plus mon attention c'est que j'avais déjà eu cette pensée, mais qu'elle vous concernait. Parce que je crois que vous avez peu à peu tissé, bâti, dépouillé tout le paysage qui entoure La Neige de l'Amiral. J'ai souvent eu la certitude que vous convoquiez la brume, que vous la mettiez en fuite, que vous tissiez les lichens géants qui pendent des cambulos, et que vous commandiez le cours des cascades qui semblent surgir du fond des rochers pour déverser leurs eaux entre les fougères et les mousses aux surprenantes couleurs, depuis le cuivre intense jusqu'à ce vert tendre qui semble projeter sa propre lumière. Nous avons si peu parlé, en dépit du temps que nous avons passé ensemble, que tout ceci vous semblera peut-être nouveau alors qu'en réalité c'est ce qui m'a décidé à rester dans votre établissement sous le prétexte de soigner ma jambe. C'est vrai qu'elle est devenue par endroits insensible, bien que je puisse m'en servir normalement pour marcher. Je n'ai guère de talent pour écrire à quelqu'un d'aussi présent que vous et dont les pouvoirs pénètrent les recoins et les replis les plus intimes de ce Gaviero qui, vous eût-il rencontrée plus tôt, n'aurait pas autant voyagé ni vu autant de pays pour en tirer si peu de leçons et si peu de profit. On apprend plus de choses auprès d'une femme de votre qualité qu'en courant le monde et en se liant avec des gens dont la fréquentation ne vous laisse que le triste souvenir de désordres et d'ambitions mesquines à la mesure de leur risible convoitise. Comme l'unique motif de ces lignes fut de bavarder un moment avec vous afin de me libérer de mon anxiété et de retrouver quelque espoir, je vous laisse et vous dis à bientôt. Nous nous retrouverons à La Neige de l'Amiral et prendrons un café sous la galerie de devant, en regardant la brume s'approcher, en écoutant les camions forcer leur moteur pour grimper et en reconnaissant chaque conducteur à sa façon de passer les vitesses. Mais ce n'est pas tout ce que je voulais vous dire. En fait, je n'ai pas même commencé. Peu importe. Avec vous il n'est pas nécessaire de dire les choses parce que vous les savez déjà, depuis toujours. Je vous embrasse avec toute la nostalgie de celui à qui vous manquez beaucoup. »

23 juin

Aujourd'hui, à la tombée du jour, nous sommes arrivés à la première scierie. Ce que nous voyions droit devant nous n'était pas si près que cela. Le Xurando décrit, en cette partie de son cours, une série de larges courbes qui éloignent puis rapprochent la structure brillante faite d'aluminium et de verre, jusqu'à la métamorphoser en mirage. L'impression est accentuée par cette architecture inattendue dans ce lieu et sous ce climat. Nous avons accosté une petite digue flottante soutenue par des câbles de couleur jaune et des planches de bois clair d'une propreté absolue. Cela m'a rappelé des endroits de la Baltique. Nous avons débarqué et nous nous sommes approchés d'un bâtiment entouré d'un grillage haut de plus de deux mètres, tendu entre des piquets métalliques peints en bleu marine et plantés à dix mètres les uns des autres.

Nous avons attendu un bon moment dans la guérite de l'entrée jusqu'à ce que finalement un soldat sorte du bâtiment principal en rectifiant sa tenue, comme s'il venait de se réveiller. Il nous a informés que les autres étaient partis à la chasse et ne reviendraient que le lendemain à l'aube. Quand je lui ai demandé, mû par une curiosité inattendue, ce que l'on chassait dans les parages, le soldat m'a regardé avec cette expression médusée si caractéristique des hommes de troupe quand ils ne savent pas comment cacher quelque chose aux civils et décident finalement de mentir, chose qu'ils ne feraient probablement jamais avec leurs supérieurs :

– Je ne sais pas, je n'y suis jamais allé. Des sarigues je crois, ou quelque chose comme ça, a-t-il répondu en même temps qu'il nous tournait le dos et s'éloignait vers le bâtiment.

Nous sommes retournés vers la chaloupe pour dîner un peu, dormir, et faire le lendemain une nouvelle tentative. Dans la dernière lumière du soir, l'énorme structure métallique se dressait une fois de plus, enveloppée dans un halo doré qui lui donnait un aspect irréel, comme si elle était suspendue dans l'air. Elle se compose d'un gigantesque hangar, semblable à ceux que l'on utilisait autrefois pour abriter les dirigeables, flanqué d'un petit édifice qui sert de toute évidence de débarras, et d'un groupe de trois bâtisses en enfilade, comprenant chacune quatre pièces sans doute destinées à loger ceux qui surveillent l'endroit.

La structure du hangar est en aluminium avec de grandes baies vitrées sur les côtés et sur la façade, et comporte une voûte sous laquelle se succèdent de longues marquises, également en verre mais dépoli afin de filtrer l'entrée du soleil dans l'enceinte. Je me souviens avoir vu des constructions semblables, non seulement au bord du lac de Constance et sur les rives de la mer du Nord ou de la Baltique, mais aussi dans certains ports de Louisiane et de Colombie britannique, où l'on embarque du bois déjà débité en planches, et prêt à voyager jusqu'aux endroits les plus reculés du monde. La présence extravagante d'une telle construction sur les rives du Xurando, en bordure de la jungle, est soulignée davantage encore par son impeccable conservation. Chaque centimètre carré de métal et de verre brille comme si l'ensemble de la construction avait été terminé il y a une heure à peine. Soudain, un claquement bruyant annonce la mise en route d'une turbine. Tout l'ensemble est éclairé par une lumière semblable à celle du néon mais beaucoup plus ténue et diffuse. Elle ne parvient pas à se projeter et c'est pour cette raison que de loin nous ne l'avions pas vue. Au milieu de la nuit équatoriale, cette présence communique un sentiment d'irréalité, de cauchemar intolérable qui m'a empêché de dormir et s'est immiscé dans mes rêves de façon intermittente, me laissant à chaque fois trempé de sueur et le cœur battant. J'ai eu l'intuition que je n'aurais jamais l'occasion de parler à ceux qui habitent cet inconcevable édifice. Un vague malaise s'est emparé de moi, que je tente de dissiper en écrivant ce journal afin de ne pas regarder la merveille gothique d'aluminium et de verre qui flotte, baignée dans cette lumière de morgue, bercée par le doux bourdonnement de son usine d'électricité. Maintenant je comprends les réserves et les réponses évasives du capitaine, du major et de ceux que j'ai interrogés, devant mon insistance à savoir ce que sont réellement ces scieries. Il était vain de vouloir les questionner. La vérité est impossible à transmettre. « Vous verrez », c'est tout ce qu'en dernière instance ils finissaient par me dire, refusant plus de détails. Ils avaient raison. Eh bien, une fois de plus, el Gaviero s'est retrouvé devant une surprise des plus insolites et des plus infructueuses. C'est sans remède. Il en sera toujours ainsi.

24 juin

Cc matin je suis de nouveau allé jusqu'à la guérite. J'ai fait part à la sentinelle de mon souhait de parler à quelqu'un, et sans même me répondre, elle a fermé le guichet. J'ai vu qu'elle téléphonait. Elle a de nouveau ouvert le guichet et m'a dit :

– On ne peut pas recevoir d'étrangers dans ces installations. Au revoir.

La sentinelle allait refermer le guichet mais je me suis empressé de lui demander :

– Et l'ingénieur? C'est à l'ingénieur que je veux parler, non à la garde. C'est à propos d'une vente de bois. Ne serait-ce que par téléphone, j'aimerais expliquer à l'ingénieur la raison de mon voyage jusqu'ici.

Le soldat m'a observé un instant avec un regard neutre, inexpressif, comme s'il avait écouté mes paroles dans un lointain haut-parleur. D'une voix également sans nuances, presque dépourvue d'énergie, il m'a expliqué :

– Cela fait longtemps qu'il n'y a plus aucun ingénieur ici. Il n'y a que des soldats et deux sous-officiers. Nous avons ordre de ne parler à personne. Inutile d'insister.

La sonnerie du téléphone retentissait avec une insistance frénétique. L'homme a fermé le guichet et décroché le combiné. Il a écouté d'un air concentré et, à la fin, acquiescé d'un signe de tête comme s'il recevait un ordre. Il a entrouvert le guichet pour se faire entendre et m'a dit :

– Vous devez enlever la chaloupe de là avant demain midi et n'insistez pas pour voir quelqu'un. C'est inutile de revenir, j'ai ordre de ne pas vous parler.

Il a refermé la vitre d'un coup sec et s'est mis à regarder les papiers qui se trouvaient sur le bureau. Je le sentais immergé dans un autre monde, comme s'il avait plongé à grande profondeur dans les eaux d'un océan qui m'était inconnu et hostile.

Je suis retourné au bateau et j'ai bavardé avec le lamaneur.

– C'est bien ce que je craignais, m'a-t-il dit. Je n'ai jamais essayé de parler avec eux ni de m'approcher de l'entrée. La troupe n'appartient à aucune base des environs. Ils la relèvent de temps en temps. Les soldats viennent des contreforts de la Cordillère et y retournent en traversant la montagne. Maintenant, vous allez me dire ce qu'on va faire. Demain midi, il faut partir d'ici. Je ne crois pas que cela vaille la peine d'insister.

J'ai suggéré d'aller plus loin, jusqu'aux autres factoreries.

– C'est inutile d'essayer. Ce sera la même chose. De plus, il ne nous reste pas beaucoup de gasoil. Nous devons redescendre en faisant tourner le moteur à mi-régime et en espérant que le courant nous aide. Si nous n'en trouvons pas dans un quelconque hameau, souhaitons en avoir assez pour rentrer à la base.

Je me suis allongé dans le hamac sans rien dire. Je sentais une vague frustration m'envahir, une sourde lassitude de moi-même, de cet enchaînement de choses sans cesse remises à plus tard, de ces négligences et inadvertances qui m'ont conduit jusqu'ici et qu'il eût été si simple d'éviter si mon caractère avait été différent. Nous partirons donc. Gagné par un découragement insurmontable je suis resté allongé, essayant de calmer cette rage qui s'étendait au monde entier, et qui, en réalité, ne faisait que s'accroître à mesure que je prenais conscience de son inutilité. Le soir, plus résigné et plus serein, j'ai allumé la lampe afin d'écrire un peu. La lumière de bloc opératoire qui enveloppe l'édifice, son squelette d'aluminium et de verre ainsi que le bourdonnement de l'usine commencent à m'être intolérables au point que j'ai décidé de partir demain et de m'éloigner de cette présence écrasante.

25 juin

Nous sommes partis ce matin à l'aube. Alors que nous larguions les amarres et que nous nous laissions emporter par le courant vers le milieu du fleuve, nous avons entendu une sirène, depuis le bâtiment, pousser un hurlement sourd. Une autre lui a répondu au loin, puis une autre, plus distante encore. Les factoreries se communiquaient la nouvelle du départ des intrus. Mais ces signaux renfermaient une hautaine menace, un outrage amer qui nous ont rendus maussades et silencieux pendant une bonne partie de la journée. Nous avons avancé à une vitesse qui, au début, m'a semblé nouvelle et agréable. Soudain, j'ai pensé aux gorges de l'Ange. Un frisson m'a parcouru des pieds à la tête. Descendre le fleuve était peut-être plus facile. Mais je sentais que je n'aurais pas le courage de supporter une fois de plus le vacarme de l'eau, son tumulte, ses tourbillons, la force pulvérisante de son énergie démesurée. En début d'après-midi, nous avons atteint une grande nappe d'eau dormante qui transforme le Xurando en un lac dont les berges s'étendent à perte de vue. Je me laissai glisser dans un sommeil que je souhaitais réparateur et propre à me faire oublier la récente expérience du monde hostile des scieries, lorsque j'ai entendu un bourdonnement s'approcher. Je luttais entre le rêve et la curiosité, et alors que le premier gagnait rapidement du terrain, une voix m'a interpellé :

– Gaviero! Maqroll! Gaviero!

Je me suis réveillé. Le Junker de la base glissait à côté de nous. Le major, debout sur les flotteurs, tendait la main pour saisir la corde que lui lançait le lamaneur. Il l'attrapa à la seconde tentative et approcha l'hydravion de l'avant du bateau.

– Allons jusqu'à la rive, a-t-il ordonné, tandis que de sa main libre il esquissait un geste de bienvenue.

Il m'a semblé amaigri et sa moustache m'a paru moins droite et moins impeccable. Nous avons amarré la chaloupe et attaché le Junker à l'avant. Le major a bondi sur le pont avec une souplesse féline. Nous nous sommes serré la main avant de nous asseoir dans les hamacs. Il est entré d'emblée dans le vif du sujet, sans même prendre la peine de m'interroger sur notre voyage :

– Une patrouille a trouvé la tombe du capitaine. Je m'y suis rendu la semaine dernière. Un animal avait tenté de déterrer le cadavre. J'ai donné l'ordre de creuser plus profond et nous avons rempli la fosse de cailloux. On ne peut pas enterrer les morts comme ça, au milieu de la jungle. Les animaux les déterrent tout de suite. Alors, c'est décidé, vous rentrez. J'imagine ce qui s'est passé. Il était inutile de vous mettre en garde. Personne ne vous croit quand on essaie d'expliquer. Il vaut mieux que chacun fasse son expérience. Et maintenant, qu'est-ce que vous allez faire?

– Je ne sais pas, lui ai-je répondu, je n'ai pas beaucoup de projets. Je pense remonter dans la Cordillère le plus tôt possible, mais j'ignore s'il y a des routes sur ce versant. Pourtant, je ne voudrais pas m'en aller sans savoir ce qui s'est passé avec les gens des factoreries. On me dit que les machines sont intactes. Pourquoi ne me racontez-vous pas ce qu'il y a eu? Vous savez bien que je n'y reviendrai jamais.

Il a regardé ses mains et s'est mis à ôter les feuilles et la boue que la corde y avait collé.

– D'accord, Gaviero, a-t-il commencé à dire tandis qu'il me souriait vaguement, je vais vous raconter. En vérité, il n'y a aucun mystère. Dans trois ans, ces installations seront la propriété du gouvernement. Quelqu'un de très haut placé s'intéresse à elles. Ce doit être un personnage très influent car il a obtenu qu'elles soient gardées et entretenues par l'infanterie de marine. Elles sont, en effet, intactes. On n'a jamais pu les faire fonctionner car là où se trouve le bois – et il désigna les contreforts de la montagne – il y a des maquisards en armes. Qui les manipule? Pas besoin d'être très malin pour le deviner. Au moment où les scieries seront remises au gouvernement, il est très probable que la guérilla disparaîtra comme par enchantement. Vous avez compris? On trouve toujours plus malin que soi. Vous ne croyez pas? C'est aussi simple que cela.

Il avait de nouveau ce ton à la fois moqueur et protecteur, désinvolte et désabusé. Avant même que je pose la question, il a poursuivi :

– Pourquoi ne vous ai-je rien dit? Nous ne sommes plus des enfants. J'ai tenté de vous le faire comprendre dans la mesure où je le pouvais. Mais puisque vous partez et que vous ne reviendrez probablement jamais, je peux tout vous raconter. C'est une chance que vous soyez partis à temps. Ces gens-là n'y vont pas par quatre chemins. La première fois, ils vous avertissent, la seconde ils ouvrent le feu.

Je l'ai alors remercié de m'avoir mis en garde, dans les limites de la prudence, et je lui ai demandé d'excuser mon entêtement à vouloir poursuivre ma route.

– Ne vous en faites pas, m'a-t-il dit, c'est toujours pareil. L'affaire est séduisante et n'a rien d'invraisemblable. Seulement, c'est comme je vous l'ai dit : on trouve toujours plus malin que soi. Toujours. Heureusement, vous prenez la chose avec une certaine philosophie. Il n'y a d'ailleurs pas d'alternative. Bien, voici ce que je vous propose : si vous voulez retourner sur le plateau, je peux peut-être vous aider. Si vous en êtes d'accord, demain nous partons en avion pour la lagune du Sourd. C'est en pleine Cordillère. Sur la rive, il y a un village d'où partent des camions qui vont jusqu'au plateau. Arrangez-vous avec Miguel et demain je viendrai de bonne heure. En une heure de vol nous y serons. Qu'en dites-vous?

– Je ne sais comment vous remercier, lui ai-je dit, ému de sa préoccupation. A vrai dire, je ne me sens pas la force de retourner dans la jungle ni de traverser de nouveau les rapides. Je paierai Miguel et demain je vous attendrai. Merci encore et j'espère que je ne vous causerai aucun contretemps.

– Je vous l'ai dit dès notre première rencontre : vous n'êtes pas fait pour vivre ici.

Non, cela ne me dérange pas le moins du monde. Celui qui commande, commande. L'important c'est de savoir jusqu'où, et ça, je l'ai appris lorsque j'étais lieutenant. C'est la seule chose qu'il faut savoir quand on porte des galons. Bon, à demain. Je m'en vais parce que j'ai tout juste le temps de rentrer à la base.

Il m'a serré la main, a sifflé le lamaneur et sauté dans l'avion. Il a dit quelque chose au pilote et m'a regardé en m'adressant un sourire où il y avait plus de malice que de cordialité.

Je m'apprête à passer ma dernière nuit ici. Je dois avouer que j'éprouve un soulagement inexprimable. Comme si j'avais bu une liqueur qui m'aurait soudain remis d'aplomb et rendu au monde, à l'ordre des choses qui m'appartiennent. J'ai parlé à Miguel. Il n'a fait aucune objection à ce que nous réglions nos comptes tout de suite. Je l'ai payé et j'ai donné un bon pourboire au lamaneur. J'essaie de dormir. Je suis parcouru d'une agitation, d'un tremblement qui m'empêchent de trouver le sommeil. Comme si l'on m'avait déchargé d'un grand poids, comme si l'on m'avait relevé d'une tâche démesurée, déchirante, étouffante.

29 juin

Le major est arrivé dans le Junker vers sept heures du matin. J'ai pris mes affaires et fait mes adieux à Miguel et au lamaneur. Ce dernier souriait, comme les vieux devant l'insistance bornée de ceux qui répètent les erreurs qu'eux-mêmes ont autrefois commises et qu'ils avaient oubliées. Miguel m'a serré mollement la main. J'ai eu la sensation de tenir un poisson tiède et humide. Il y avait dans son regard un éclat discret et lointain qui exprimait toute la cordialité dont il était capable. A cet instant j'ai pris conscience que je quittais la forêt. Non seulement le mécanicien la représente totalement, mais il est fait de la même substance qu'elle. Un prolongement amorphe de cet univers funeste et sans visage. Je suis monté dans le Junker, me suis assis derrière le pilote et le major, et j'ai attaché ma ceinture. Nous avons glissé sur l'eau pendant un moment puis nous avons décollé au milieu des vibrations roucoulantes de la carlingue. J'ai succombé à une torpeur hypnotique jusqu'au moment où le major m'a touché le genou et m'a montré la lagune au-dessous de nous. Nous avons amerri doucement. Nous nous sommes dirigés vers un débarcadère où nous attendaient un sergent et trois soldats. Le major est descendu avec moi. J'ai dit au revoir au pilote, et au même instant je me suis rendu compte que ce n'était pas celui que je connaissais. Il lui manquait un œil et son front était barré d'une cicatrice nacrée. Le major m'a recommandé au sergent et lui a donné l'ordre de me chercher une chambre dans le village, le temps de trouver un camion pour me conduire jusqu'au plateau. Il m'a tendu la main et, sans me laisser le temps de lui exprimer ma gratitude, il m'a dit, avec un sérieux un peu forcé :

– S'il vous plaît, dorénavant, réfléchissez davantage avant d'entreprendre une affaire et ne prenez plus autant de risques. Cela n'en vaut pas la peine. Je sais ce que je dis. Et vous le savez aussi. Bonne chance. Adieu.

Il est monté dans la cabine du Junker, a claqué la porte d'un coup sec, faisant résonner le fuselage d'un bruit qui m'a semblé familier, et l'hydravion s'est éloigné en laissant derrière lui un sillage d'écume, qui s'est peu à peu dissous à mesure que l'appareil se perdait entre les nuages bas de la Cordillère.

Une page est tournée. J'ai connu la forêt : elle et moi n'avons rien en commun, et elle ne m'a rien donné. Seuls ces feuillets témoigneront peut-être d'un épisode que j'espère oublier le plus vite possible et qui en dit bien peu sur mon habileté. Avant huit jours, je serai à La Neige de l'Amiral et je raconterai à Flor Estevez des choses qui, sûrement, n'auront que peu de rapport avec ce qui est réellement arrivé. Je sens dans ma bouche la saveur amère et réconfortante du café.

Hier, des fusiliers marins sont arrivés au village. Ils appartiennent au détachement relevé dans les scieries. Ils disent que la chaloupe a fait naufrage dans les gorges de l'Ange et que les corps de Miguel et du lamaneur n'ont pas été retrouvés. Il semble que le courant les ait emportés plus bas. Le bateau, brisé et déchiqueté, s'est échoué sur un banc de sable. Personne ne s'est présenté pour le réclamer.

Dans le cahier formé par les feuilles du journal de Maqroll el Gaviero, il y avait une page écrite à l'encre verte et portant l'en-tête d'un hôtel. Elle n'était pas datée. En la lisant, je me suis rendu compte qu'elle n'était pas sans rapport avec le reste du journal et c'est pourquoi je la retranscris ici. Sa lecture intéressera sans doute ceux qui ont suivi le récit contenu dans le journal.

HOTEL DE FLANDRES
9, quai des Tisserands
Anvers
Tél : 3223

...ainsi qu'il avait été convenu. Pendant trois jours, nous avons roulé sur une route au tracé dangereusement douteux, escarpée et sinueuse. A un certain endroit, j'ai abandonné le camion et j'ai loué une mule à l'auberge de la Cuchilla. Pendant deux jours, j'ai cherché sur le plateau la route qui passe par La Neige de l'Amiral. J'avais perdu tout espoir de la retrouver lorsqu'elle est apparue soudain. J'ai laissé la mule au garçon qui me l'avait louée et je me suis assis au bord d'un précipice pour attendre un camion pouvant me conduire jusqu'au point culminant du trajet. Au bout de deux heures, un Saurer huit tonnes est passé. Il grimpait la pente avec des efforts d'asthmatique. Le conducteur a accepté de me prendre :

– Je vais jusqu'en haut, lui ai-je expliqué

tandis qu'il m'observait, essayant sans doute de me reconnaître.

Nous avons voyagé toute la nuit. Au petit matin, il y avait une neige si épaisse qu'on ne pouvait plus rouler. L'homme m'a réveillé :

– Ce doit être par ici. Qu'est-ce que vous cherchez dans ce désert?

– Un endroit qui s'appelle La Neige de l'Amiral, lui ai-je répondu, tandis qu'au creux de l'estomac la peur commençait à me saisir.

– Bon, a dit le chauffeur, je vais m'arrêter un instant. Cherchez par là. Mais avec ce brouillard...

Il a allumé une cigarette. Je me suis enfoncé dans cette brume laiteuse qui empêchait presque de voir. Je me suis orienté en suivant l'accotement et, soudain, j'ai reconnu la maison. L'enseigne, secouée par le vent et d'où plusieurs lettres avaient disparu, ne tenait plus que par un clou rouillé fixé à l'une de ses extrémités. Tout était fermé de l'intérieur : portes, fenêtres et volets. Il manquait de nombreuses vitres et la maison semblait sur le point de s'écrouler. Je me suis dirigé vers la porte de derrière. Le balcon, autrefois soutenu au-dessus du précipice par de grosses poutres de bois, était en partie effondré, et ses montants se balançaient au-dessus de l'abîme, recouverts de mousse et de la fiente des perroquets qui s'y posaient jadis avant de poursuivre leur route vers les basses terres. Il a commencé à pleuvoir et le brouillard s'est dissipé en l'espace d'un instant.

Je suis retourné au camion.

– Il ne reste rien, monsieur. Je le savais, mais j'ignorais le nom de cette maison, a dit le chauffeur avec une certaine compassion qui m'a tout de même atteint comme une blessure mortelle. Si vous voulez, vous pouvez venir avec moi. Je vais jusqu'à la plantation de café La Osa. Je crois que là-bas on vous connaît.

J'ai acquiescé en silence et je suis monté à ses côtés. Le camion a amorcé la descente. Une odeur d'amiante chauffée à blanc dénonçait le travail incessant des freins. J'ai pensé à Flor Estevez. Il allait m'être très difficile de m'habituer à son absence. Quelque chose, au tréfonds de moi-même, a commencé à me faire mal. C'était le cheminement d'une douleur qui devait mettre beaucoup de temps à s'apaiser.

Informations complémentaires sur Maqroll el Gaviero

où l'on voit mentionner les personnes et les lieux dont il est question dans son Journal.

Cocora

Je veille depuis si longtemps sur cette mine que j'ai perdu le compte des années passées en ces lieux. Elles doivent être nombreuses en tout cas, car le sentier qui, en bordure du fleuve, menait jusqu'aux galeries, a disparu sous les hautes herbes et les bananiers, et les goyaviers qui ont poussé en son milieu ont déjà donné plusieurs récoltes. Propriétaires et mineurs ont sans doute tout oublié, ce qui n'est guère étonnant car jamais on n'y a trouvé de minerai bien que l'on ait creusé très profond et ouvert de nombreuses ramifications à partir des galeries principales. Et moi qui suis un homme de la mer, pour qui les ports n'étaient que prétexte transitoire à d'éphémères amours et à bagarres de bordels; moi dont la chair est encore bercée par le tangage du hunier tout en haut duquel je grimpais pour scruter l'horizon et annoncer les tempêtes, l'approche de la terre, les troupeaux de baleines et les bancs de poissons vertigineux qui venaient à nous comme un peuple ivre; moi, je suis demeuré ici pour m'enfouir dans la fraîche obscurité de ces labyrinthes où circule un air souvent tiède et humide qui apporte des voix, des lamentations, d'interminables et opiniâtres travaux d'insectes, des battements d'ailes d'obscurs papillons, le cri d'un oiseau égaré au fond des galeries.

Je dors dans la galerie dite de l'Enseigne, la moins humide, celle qui s'ouvre sur un précipice tombant à pic dans les eaux turbulentes du fleuve. Lorsque la nuit il se met à pleuvoir, j'en respire les crues : une senteur de glaise, piquante, un arôme de végétation blessée et d'animaux s'écrasant contre les pierres; une odeur de sang répandu comme celle de certaines femmes usées par le dur climat des tropiques; une odeur de monde qui se défait devant l'ébriété désordonnée et la colère dévastatrice et démesurée des eaux qui ne cessent de monter.

Je voudrais témoigner de certaines choses que j'ai vues pendant ces journées d'inaction au cours desquelles ma familiarité avec les profondeurs a fait de moi un être très différent de celui qui a passé tant d'années en errances marines et fluviales. Le souffle aigre des galeries a peut-être changé ou aiguisé ma capacité de pressentir la vie secrète, intangible mais incroyablement intense, qui peuple ces grottes de malheur. Commençons par la galerie principale. On y accède par un chemin planté de cambulos dont les fleurs orangées et tenaces forment un tapis qui s'étend parfois jusque dans les profondeurs de la mine. La lumière disparaît à mesure que l'on s'y enfonce mais, de façon inexplicable, elle demeure sur les fleurs que le vent a poussées à l'intérieur. J'ai longtemps vécu dans cet endroit et n'ai dû l'abandonner que pour les raisons que je vais expliquer maintenant. Au début de la saison des pluies, j'entendais des voix, des murmures indéchiffrables semblables à ceux de femmes priant à une veillée mortuaire. Toutefois, des rires et des bruits de lutte qui n'avaient rien de funèbre me faisaient plutôt penser à des actes infâmes qui se seraient prolongés sans fin dans cette enceinte caverneuse. J'ai voulu deviner quelles étaient ces voix et, à force de les écouter jour et nuit avec une attention fébrile, j'ai pu enfin percevoir le mot Viana. C'est alors que je suis tombé malade. La malaria, semble-t-il. Je suis resté couché sur la paillasse que j'avais improvisée en guise de lit. Le délire s'emparait de moi pendant de longues heures mais, grâce à cette lucidité que confère la fièvre sous le désordre extérieur de ses symptômes, je suis parvenu à entamer un dialogue avec ces femmes. Leur attitude mielleuse, leur évidente mauvaise foi me laissaient en proie à une peur sourde et humiliante. Une nuit, obéissant à je ne sais quelles impulsions secrètes qu'aiguisait mon délire, je me suis levé en criant des mots qui rebondissaient contre les parois de la mine : « Taisez-vous, bande de putains. J'étais l'ami du prince de Viana. Respectez la plus illustre des misères, la couronne des condamnés! » Une fois éteint l'écho de mes cris, un silence dont la densité se prolongeait m'a déposé à l'orée de la fièvre. Toute la nuit j'ai attendu, allongé et baignant dans la sueur d'une santé retrouvée. Le silence demeurait, continuant d'étouffer jusqu'aux bruits les plus ténus des humbles créatures qui, travaillant la salive et les feuilles, tissent l'impalpable. Une clarté laiteuse m'a annoncé le lever du jour et je suis sorti comme j'ai pu de cette galerie où plus jamais je ne suis retourné.

Il y a une autre galerie que les mineurs

avaient baptisée galerie du Cerf. Elle n'est guère profonde mais il y règne une obscurité absolue en raison de je ne sais quel subterfuge des ingénieurs dans son tracé. Ce n'est qu'au toucher que j'ai réussi à me familiariser avec l'endroit, qui était plein d'outils et de boîtes soigneusement clouées. Il émanait d'elles une odeur impossible à décrire. Comme le parfum d'une gélatine faite des substances les plus secrètes distillées d'un métal improbable. Mais ce qui m'a retenu au fond de cette galerie durant d'interminables journées où j'ai été sur le point de perdre la raison, c'est une chose qui se dresse contre la paroi même où le tunnel s'achève. Des pièces métalliques de toutes formes et de toutes tailles, des sphères, des cylindres assemblés en une rigidité inamovible, composaient cette indescriptible structure. Je n'ai jamais pu découvrir les limites, ni mesurer les proportions de cette construction funeste, fixée de tous côtés à la roche, et qui dressait sa trame acérée et polie comme si elle se proposait d'être dans ce monde une représentation absolue du néant. Lorsque mes mains furent fatiguées d'avoir parcouru pendant des semaines et des semaines ses charnières compliquées, ses pignons rigides, ses sphères glacées, j'ai pris la fuite un beau jour, épouvanté parce que je venais de comprendre que j'implorais, en fait, l'indéfinissable présence de me révéler son secret, sa raison ultime et véritable. Je ne suis pas retourné non plus dans cette partie de la mine, mais lorsque les nuits sont particulièrement chaudes et humides, la présence muette de ces métaux hante mes rêves, et je me dresse alors de terreur dans mon lit, le cœur battant à tout rompre et les mains en proie à une grande agitation. Nul tremblement de terre, nulle avalanche, aussi gigantesques soient-ils, ne pourraient faire disparaître cette inéluctable mécanique condamnée à l'éternité.

La troisième galerie est celle que j'ai mentionnée au début et que l'on appelle galerie de l'Enseigne. C'est là que je me suis installé. Il y règne une douce pénombre qui va jusqu'au fond du tunnel, et le fracas des eaux, en bas, contre les parois rocheuses et les grandes pierres du fleuve, donne à cette habitation une certaine gaieté qui contraste, bien que de façon précaire, avec l'ennui interminable de mes fonctions de gardien de cette mine abandonnée.

Il est vrai que, de temps à autre, des chercheurs d'or viennent jusqu'ici pour laver le sable de la rive dans de grandes batées en bois. La fumée âcre d'un mauvais tabac m'annonce l'arrivée des orpailleurs. Je descends pour les regarder travailler et nous échangeons quelques brèves paroles. Ils viennent de régions lointaines et c'est à peine si je comprends leur langue. Leur patience infinie pour ce travail si minutieux et aux résultats si maigres me surprend. Les femmes des planteurs de canne de l'autre rive viennent une fois par an. Elles lavent le linge dans le fleuve et le battent sur les pierres. C'est ainsi que j'apprends leur présence. J'ai eu des rapports avec certaines d'entre elles qui sont montées jusqu'à la mine. Ce furent des rencontres fugaces et anonymes où le plaisir était moins important que le besoin de sentir un autre corps contre ma peau et de tromper, ne serait-ce que par ce fugitif contact, la solitude qui me ronge.

Un jour je m'en irai d'ici; je descendrai le fleuve jusqu'à trouver la route qui mène aux plateaux, et j'espère que l'oubli m'aidera alors à effacer le temps méprisable que j'aurai passé ici.

La Neige de l'Amiral

En atteignant la partie la plus haute de la Cordillère, les camions faisaient halte près d'un dépôt ayant servi de bureaux aux ingénieurs qui construisaient la route. Les chauffeurs des grands camions s'y arrêtaient pour prendre un café ou boire de l'alcool et combattre ainsi le froid du plateau. Souvent le gel paralysait leurs mains sur le volant, et ils étaient précipités dans les ravins au fond desquels un fleuve d'eaux torrentielles balayait en quelques secondes les restes du véhicule et les cadavres de ses occupants. Plus bas, vers les terres chaudes, flottaient encore quelques vestiges disloqués de l'accident. Les murs du refuge étaient en bois, noircis à l'intérieur par la fumée de l'âtre où jour et nuit chauffaient du café et un repas de fortune pour ceux qui avaient faim, ce qui était rare car en général l'altitude donnait une nausée qui écartait toute idée de nourriture. Sur les cloisons on avait cloué des plaques de métal où figuraient des publicités pour de la bière ou des calmants, avec des femmes en maillot de bain, provocantes, offrant la fraîcheur de leur corps sur des plages bleues parsemées de cocotiers, qui n'avaient rien à voir avec le plateau gelé et sombre.

Le brouillard traversait la route, embuait l'asphalte qui brillait comme un métal imprévu avant de se perdre entre les grands arbres aux troncs lisses et gris, aux branches vigoureuses et au feuillage rare envahi par une mousse, grise elle aussi, sur laquelle surgissaient des fleurs de couleur intense et aux pétales lourds d'où coulait un miel diaphane et lent.

A l'entrée, sur une planche de bois, on pouvait lire, gravé en lettres rouges décolorées : La Neige de l'Amiral. On connaissait le patron sous le nom d'el Gaviero mais on ignorait tout de lui, aussi bien ses origines que son passé. La barbe hirsute et grise couvrait une bonne partie de son visage. Il marchait en s'aidant d'une béquille improvisée taillée dans un bambou. Il avait à la jambe droite une plaie fétide et irisée qui suppurait continuellement et à laquelle il n'accordait jamais la moindre importance. Il allait et venait, servait les clients, au rythme régulier et vigoureux de la béquille qui frappait le plancher et retentissait d'un bruit sourd qui se perdait sur les plateaux désolés et déserts. L'homme parlait peu. Il souriait souvent, non à cause de ce qu'il entendait autour de lui, mais pour lui-même, et son sourire semblait plutôt contredire les commentaires des voyageurs. Une femme l'aidait dans son travail. Elle avait un air sauvage, concentré et absent. Sous les couvertures et les ponchos qui la protégeaient du froid, on devinait un corps encore dur et familier du plaisir, un plaisir chargé d'arômes, de senteurs, des réminiscences de régions où les grands fleuves coulent vers la mer sous un dôme végétal qu'immobilise la chaleur des basses terres. La femme chantait parfois et sa voix ténue était comme l'appel nonchalant des oiseaux sur les brûlantes étendues de la plaine. El Gaviero la regardait tant que durait son murmure aigu, sinueux, animal. Lorsque les chauffeurs retournaient à leurs camions et commençaient la descente de la Cordillère, ils emportaient avec eux ce chant inspiré par le vide de la distance, par un désarroi fatal, et qui les laissait au bord d'une nostalgie irrémédiable.

Mais tous ceux qui avaient coutume de faire halte au relais d'el Gaviero, et qui connaissaient bien les lieux, évoquaient surtout autre chose : l'étroit couloir qui menait à l'arrière de la maison où des poutres de bois surplombant un précipice à demi recouvert de fougères soutenaient une galerie couverte. C'est là qu'urinaient les voyageurs, avec une patience minutieuse, sans parvenir cependant à entendre le bruit du liquide qui se perdait dans la brume vertigineuse et végétale du ravin.

Les murs décrépits du couloir étaient couverts de phrases, d'observations, de maximes. Dans la région, on connaissait par cœur certaines d'entre elles sans que nul n'ait pu déchiffrer, en toute certitude, leur sens ni leur but. Elles avaient été écrites par el Gaviero et beaucoup avaient été effacées au passage des clients qui se dirigeaient vers ces vespasiennes inattendues.

On trouvera ci-dessous celles qui sont demeurées avec le plus de netteté dans la mémoire des gens.

Je suis le créateur désordonné des routes les plus cachées, des ports les plus secrets. De leur inutilité et de l'ignorance de l'endroit où ils se trouvent se nourrissent mes jours.

Garde ce caillou poli. A l'heure de ta mort tu pourras le caresser dans la paume de ta main et mettre ainsi en fuite la présence de tes lamentables erreurs dont la somme ôte tout sens possible à ta vaine existence.

Tout fruit est un œil aveugle et étranger à ses plus douces substances. Il est des régions où l'homme creuse dans son bonheur les voûtes brèves d'un mécontentement qui ne connaît ni raison ni repos.

Suis les navires. Suis les routes que sillonnent les embarcations vieilles et tristes. Ne t'arrête pas. Évite jusqu'au plus humble des mouillages. Remonte les fleuves. Descends-les. Confonds-toi avec les pluies qui inondent les savanes. Refuse tout rivage.

Vois combien la négligence règne en ces lieux. Ainsi faite est ma vie. Elle n'a été que cela. Elle ne pourra plus l'être.

Les femmes ne mentent jamais. La vérité sort toujours des replis les plus secrets de leur corps. Il nous a été donné de la déchiffrer avec une réserve implacable. Beaucoup n'y parviennent jamais et meurent aveugles sans que leurs sens aient vu le jour.

Il existe deux métaux qui prolongent la vie et accordent, parfois, le bonheur. Ce n'est pas l'or, pas l'argent, ni rien qui leur ressemble. Je sais seulement qu'ils existent.

Que n'ai-je suivi les caravanes! Je serais mort, enterré par les chameliers, recouvert de la bouse de leurs troupeaux, sous le haut ciel des plateaux. C'eût été mieux, beaucoup mieux. Le reste, à dire vrai, manque d'intérêt.

Beaucoup d'autres sentences avaient, comme nous l'avons dit, disparu au passage des mains et des corps qui circulent dans la pénombre du corridor. Celles que je viens de rapporter semblent avoir particulièrement retenu l'attention des habitants du plateau. Nul doute qu'elles font allution au passé d'el Gaviero et qu'elles sont arrivées jusqu'ici grâce au hasard d'une mémoire vacillante, sur le point de s'éteindre à jamais.

Les gorges d'Aracuriare

Pour comprendre les conséquences qu'a eues sur la vie d'el Gaviero la période de sa vie passée dans les gorges d'Aracuriare, il faut s'arrêter un instant sur certains aspects de ces lieux peu fréquentés parce qu'ils se trouvent loin de tout chemin et de toute sente empruntés par les gens des basses terres, et parce qu'ils jouissent d'une sombre réputation qui n'est ni entièrement gratuite ni totalement en accord avec la véritable image de l'endroit.

Le fleuve descend de la Cordillère en un torrent d'eaux glacées qui s'écrase contre de grandes roches et contre des pierres dangereuses, laissant derrière lui un tourbillon d'écume et un fracas discontinu et furieux de courant déchaîné. Comme la légende veut que le fleuve draine des sables riches en or, sur ses rives se dressent de temps en temps quelques campements rudimentaires d'orpailleurs qui viennent laver la terre du rivage sans que personne n'ait jamais eu connaissance d'une découverte de valeur. Le découragement s'empare très vite de ces étrangers à la vie desquels les fièvres et les maladies du lieu mettent rapidement fin. La chaleur humide et incessante ainsi que le manque de nourriture épuisent ceux qui ne sont pas habitués aux conditions brûlantes du climat. De telles entreprises finissent en général sur le rosaire d'humbles tombeaux où reposent les restes de ceux qui, vivants, n'ont jamais connu ni pause ni repos. En pénétrant dans une étroite vallée, le fleuve modère sa course, et ses eaux acquièrent une pureté paisible qui occulte l'énergie dense d'un courant libéré de toute entrave. Au fond de la vallée se dresse une impressionnante masse de granit fendue en deux par une faille obscure. Les eaux silencieuses du fleuve s'y engouffrent et pénètrent avec la solennité d'une procession dans la pénombre des gorges. A l'intérieur, où se dressent vers le ciel des parois recouvertes çà et là d'une végétation faite de lianes et de fougères, il règne une atmosphère de cathédrale abandonnée, une pénombre que surprennent parfois quelques éperviers nichés dans les fissures de la roche ou des bandes de perroquets dont les cris peuplent les lieux d'un charabia spontané qui détruit les nerfs et ravive les plus anciennes nostalgies.

A l'intérieur des gorges, le fleuve laisse à découvert quelques bancs de sable de la couleur de l'ardoise, qui brillent lorsque, par intermittence, le soleil descend jusqu'au fond de l'abîme. En général, la surface du fleuve est à ce point sereine que c'est à peine si l'on perçoit le mouvement de l'eau. De temps en temps, on entend un léger bouillonnement qui se transforme en un vague soupir, en une plainte profonde qui monte du fond du courant et dénonce la force démesurée et traîtresse que dissimule le cours paisible du fleuve.

El Gaviero s'était rendu là pour remettre des instruments, des balances et une burette de mercure, que lui avaient commandés deux orpailleurs avec qui il avait conclu une affaire dans un port pétrolier de la côte. En arrivant, il apprit que ses clients étaient morts depuis plusieurs semaines. Une âme pieuse les avait enterrés à l'entrée des gorges. Leurs noms avaient été gravés sur une planche rongée, dans une orthographe approximative qu'el

Gaviero eut du mal à déchiffrer. Il pénétra dans le défilé et s'avança sur la surface lisse des bancs de sable où apparaissait de temps en temps le squelette d'un oiseau ou les restes d'une pirogue emportée par le courant depuis un lointain hameau de la montagne.

Le silence monacal et tiède de l'endroit, son éloignement du désordre et des bruits humains, ainsi qu'un appel insistant, intense, impossible à expliquer avec des mots ou même en pensée, suffirent pour qu'el Gaviero éprouve le désir de se reposer quelque temps, sans autre raison ou prétexte que le besoin de se tenir à l'écart du trafic des ports et de l'insatiable errance inscrite dans sa destinée.

A l'aide de quelques morceaux de bois qu'il ramassa sur la rive, et de quelques palmes sauvées des eaux, il construisit une cabane sur une grande dalle qui s'élevait à l'extrémité d'un banc de sable. Des fruits sans cesse charriés par le fleuve et des oiseaux faciles à chasser constituèrent sa nourriture.

A quelque temps de là, el Gaviero, à son insu, se mit à dresser un bilan de sa vie, un catalogue de ses erreurs et de ses malheurs, de ses fragiles instants de bonheur et de ses passions funestes. Il voulut aller très loin dans ce travail, et il y réussit si bien et de façon si totale qu'il se dépouilla entièrement de cet être qui l'avait accompagné toute sa vie et qui avait connu tant de peines et tant de souffrances. Il persévéra afin de sonder ses propres limites, ses véritables frontières, et lorsqu'il vit s'éloigner et se perdre le protagoniste de ce qu'il avait jusque-là pris pour sa propre vie, il ne resta que celui qui avait entrepris l'examen purificateur. En s'efforçant de mieux connaître le nouveau personnage né de son identité la plus intime, il fut envahi par un étonnement mêlé de jouissance : impassible, un troisième spectateur l'attendait, s'ébauchait, prenait forme au centre même de son être. Il eut la certitude que, sans avoir jamais participé à aucun épisode de sa vie, celui-ci connaissait à coup sûr toute la vérité, tous les chemins, toutes les routes qui avaient tissé son destin, lequel se présentait maintenant à lui dans la nudité d'une évidence qu'il sut, au même instant, inutile et digne d'être immédiatement repoussée. Mais ce face-à-face avec ce témoin absolu de lui-même lui communiqua l'acceptation sereine et lénifiante qu'il avait cherchée pendant tant d'années dans les signes stériles de l'aventure.

Jusqu'à cette rencontre, les gorges avaient

réservé au Gaviero de difficiles moments, faits d'investigations, de tentatives, de fausses surprises. L'atmosphère de l'endroit, sa résonance de basilique, l'ocre manteau des eaux se déplaçant avec une lenteur hypnotique, se confondirent dans sa mémoire avec l'effort intérieur qui l'avait mené jusqu'à cette troisième sentinelle laquelle veillait sur son existence sans dicter aucune sentence, sans proférer aucune louange ni aucun reproche, et se contentait de l'observer avec une froideur d'un autre monde lui renvoyant à son tour, comme dans un miroir, le défilé ébahi des instants de sa vie. La sérénité teintée d'une certaine jouissance fébrile qui s'empara de Maqroll fut comme une anticipation de cette parcelle de bonheur que nous espérons tous connaître avant de mourir et qui s'éloigne à mesure que passent les années et grandit le désespoir qu'elles renferment.

El Gaviero sentit que, si la plénitude qu'il venait d'atteindre se prolongeait, mourir n'aurait plus aucune importance et ne serait dans sa vie qu'un événement additionnel qu'il serait capable d'accepter avec la simplicité de qui tourne le coin d'une rue ou se retourne dans son lit en dormant. Les murs de granit, la lente marche des eaux, la surface brillante et la concavité sonore de l'endroit furent pour lui l'image prémonitoire du royaume des oubliés, du domaine où la mort se dresse au milieu de la procession éveillée de ses créatures.

Comme il savait que dorénavant les choses se dérouleraient de façon totalement différente que par le passé, el Gaviero n'éprouva pas de hâte à sortir de l'endroit pour rejoindre le brouhaha des hommes. Il craignait de perturber sa sérénité bien méritée. Enfin, un jour, il attacha quelques troncs de balsa avec des lianes et, gagnant le centre du courant, il s'éloigna dans l'étroitesse des gorges. Une semaine plus tard, il débouchait dans la lumière blanche qui règne dans le delta. Là où le fleuve se mêle à une mer sereine et tiède d'où monte une brise légère qui augmente les distances et repousse l'horizon vers des étendues illimitées.

Il ne parla à personne de son séjour dans les gorges d'Aracuriare. Le récit qui précède provient de quelques notes trouvées dans l'armoire de la chambre d'un misérable hôtel où il vécut juste avant de partir pour le delta.

La visite d'el Gaviero

Il avait totalement changé d'aspect. Non qu'il eût l'air plus vieux ou plus buriné par les ans et par la fureur des climats qu'il fréquentait. Son absence n'avait pas été très longue. C'était autre chose. Quelque chose que l'on voyait dans son regard, oblique et fatigué. Quelque chose dans ses épaules qui avaient perdu leur mobilité d'expression, et semblaient raides, comme si elles ne devaient plus porter le poids de la vie, soutenir ses joies et ses malheurs. La voix s'était considérablement éteinte et avait un ton feutré et neutre. C'était la voix de quelqu'un qui a besoin de parler parce que le silence des autres lui est insupportable.

Il a porté un fauteuil à bascule jusque sous la galerie qui fait face aux plantations de café de l'autre rive, et s'est assis dans une attitude d'attente, comme si la brise nocturne qui n'allait pas tarder à souffler pouvait soulager son malheur, indéfini et profond. Le courant, en frappant sur les grandes pierres, ponctuait au loin ses mots, ajoutant une joie opaque à l'examen monotone de ses affaires, toujours les mêmes, mais à présent plongées dans l'indifférente et insipide rengaine qui trahissait son actuelle condition de vaincu, d'otage du néant.

– J'ai vendu des vêtements de femmes au gué de Guasimo. Là, les jours de fête, les femmes du plateau traversaient le fleuve à pied, et comme elles mouillaient leurs jupes qu'elles remontaient pourtant jusqu'à la taille, elles finissaient toujours par acheter quelque chose afin de ne pas entrer au village dans cet état.

« En d'autres temps, ce défilé de cuisses brunes et dures, de fesses rondes et fermes, de ventres en poitrines de colombes m'eût aussitôt plongé dans un délire insupportable. J'ai abandonné les lieux le jour où un frère jaloux s'est précipité sur moi en brandissant sa machette, car il avait cru que je courtisais une jeune fille aux yeux verts qui essayait une jupe de percale fleurie. Elle l'arrêta à temps. Une lassitude soudaine me poussa à solder la marchandise en quelques heures et à m'éloigner de là pour toujours.

« C'est alors que j'ai vécu plusieurs mois dans le wagon abandonné sur cette voie de chemin de fer qui ne fut jamais achevée. Je crois vous en avoir déjà parlé. Cela n'a d'ailleurs aucune importance.

« Puis je suis descendu vers les ports et me suis enrôlé sur un cargo qui cabotait dans des régions de brume et de froid intense. Pour passer le temps et tromper mon ennui, je descendais dans la chambre des machines et racontais aux chauffeurs l'histoire des quatre derniers grands ducs de Bourgogne. Je devais crier à cause du rugissement des chaudières et du boucan des bielles. Ils me demandaient toujours de leur raconter, encore et encore, l'assassinat de Jean sans Peur par les hommes du roi sur le pont de Montereau, et les fêtes organisées à l'occasion du mariage de Charles le Téméraire et de Marguerite d'York. J'ai fini par ne rien faire d'autre pendant les interminables traversées où nous naviguions dans la brume entre d'énormes blocs de glace. Le capitaine avait oublié mon existence jusqu'au jour où le contremaître est allé lui dire que j'empêchais les chauffeurs de travailler et que je leur remplissais la tête d'histoires de régicides et d'attentats bizarres. Il m'avait surpris en train de raconter la fin du dernier duc à Nancy, et allez savoir ce que le pauvre s'était imaginé. Ils m'ont débarqué dans un port de l'Escaut, sans autres biens que mes oripeaux rapiécés et un inventaire des tombes anonymes qui se trouvent dans les cimetières du Haut-Roquedal de San Lazaro.

« C'est vers cette époque que j'ai organisé une journée de prières et de chants à la sortie des raffineries du fleuve Mayor. J'annonçais la venue d'un nouveau royaume de Dieu dans lequel on échangerait, de façon stricte et minutieuse, péchés contre pénitences, de sorte qu'à toute heure du jour ou de la nuit pourrait nous attendre une surprise inconcevable ou un bonheur aussi intense que bref. J'ai vendu de petites feuilles où étaient imprimées des prières pour bien mourir qui résumaient l'essentiel de la doctrine en question. Je les ai presque toutes oubliées, bien que dans mes rêves je me souvienne parfois de trois invocations :

chemin de la vie abandonne ta méfiance
œil de l'eau bois les ombres
ange de la boue rogne tes ailes.

« Parfois je me demande si ces phrases appartenaient vraiment à la litanie ou si elles ne sont que le produit d'un de mes multiples songes funèbres. Ce n'est pas le moment de le vérifier et d'ailleurs cela ne m'intéresse pas.

El Gaviero a soudain interrompu le récit de ses aventures, de plus en plus hasardeuses, pour se lancer dans un long monologue décousu et apparemment sans fil conducteur, et dont je me souviens avec une fidélité laborieuse et un vague ennui d'origine indéterminée :

– Parce que au bout du compte, tous ces métiers, toutes ces rencontres, toutes ces régions ont cessé d'être la véritable substance de ma vie. Au point que je ne sais lesquels sont nés de mon imagination et lesquels font réellement partie de mon expérience. Grâce à eux, par leur intermédiaire, je tente en vain d'échapper à certaines de mes obsessions, permanentes et bien réelles, qui tissent l'ultime trame, le destin évident de ma conduite dans ce monde. Les isoler et leur donner un nom n'est guère facile mais disons que celles qui suivent pourraient en être un bon exemple :

« Négocier un bonheur semblable à celui

de certains jours d'enfance contre une vie volontairement courte.

« Prolonger la solitude sans crainte du face-à-face avec ce que nous sommes réellement, avec celui qui parle en nous, toujours enfoui afin de ne pas nous précipiter dans une terreur sans issue.

« Savoir que personne n'écoute personne. Que personne ne sait rien de personne. Que la parole est, en elle-même, un mensonge, un piège qui recouvre, déguise et ensevelit l'édifice précaire de nos rêves et de nos vérités, qui sont tous marqués du signe de l'incommunicabilité.

« Apprendre, par-dessus tout, à se méfier de la mémoire. Ce que nous croyons évoquer est tout à fait étranger et différent de ce qui nous est vraiment arrivé. Combien de moments pénibles, irritants, ennuyeux, la mémoire nous renvoie-t-elle, des années plus tard, comme des instants de bonheur éclatant. La nostalgie est le mensonge grâce auquel nous nous approchons plus vite de la mort. Vivre sans souvenirs, c'est peut-être là le secret des dieux.

« Lorsque je raconte mes transhumances, mes échecs, mes délires innocents et mes orgies secrètes, je le fais dans le seul but d'arrêter, presque en l'air, deux ou trois cris féroces, deux ou trois grognements déchirants et caverneux qui pourraient certainement mieux exprimer ce que je sens et ce que je suis. Mais voilà que je me perds en divagations, ce qui n'était pas mon propos.

Son regard est devenu aussi lourd que du plomb, comme si ses yeux fixaient un mur épais aux proportions colossales. Sa lèvre inférieure tremblait légèrement. Il a croisé les bras sur sa poitrine et a commencé à se balancer doucement, au même rythme que la rumeur du fleuve. Une odeur d'humus frais, de végétaux macérés, de sève en décomposition, nous indiqua l'arrivée des crues. El Gaviero resta un long moment silencieux, jusqu'à la nuit qui, sous les tropiques, descend comme de vertigineuses ténèbres. D'impavides lucioles dansaient dans le silence tiède des plantations de café. Puis il se remit à parler et s'égara de nouveau dans des propos dont le sens m'échappait à mesure qu'il s'enfonçait dans les régions les plus sombres de son intimité. Soudain, il reparla de son passé et je pus reprendre le fil de son monologue :

– La vie m'a apporté peu de surprises et aucune ne mérite d'être racontée. Cependant, chacune d'elles a pour moi la vigueur funèbre d'une désastreuse campagne. Un matin, dans la torpeur brûlante d'un port sur le fleuve, je me rhabillais dans une chambre délabrée d'un minable bordel, et j'ai trouvé accrochée sur la cloison de bois, une photographie de mon père. Il était assis dans un rocking-chair en rotin, dans le vestibule d'un hôtel blanc des Caraïbes. Ma mère avait toujours cette photo sur sa table de nuit et l'avait conservée à la même place pendant tout son veuvage. « Qui est-ce? » ai-je demandé à la femme avec qui je venais de passer la nuit et dont je pouvais maintenant contempler les chairs minables et brouillées ainsi que la bestialité des traits. « C'est mon père », m'a-t-elle répondu avec un sourire contraint qui découvrait une bouche édentée, tandis qu'elle cachait son obèse nudité avec le drap trempé de sueur et de misère. « Je ne l'ai jamais connu mais ma mère, qui a travaillé ici comme moi, se souvenait toujours de lui et gardait même ses lettres, comme si elles pouvaient lui rendre sa jeunesse. » J'ai fini de m'habiller et je me suis perdu dans la grande rue de terre battue que perforait le soleil, le brouhaha des radios, le bruit des couverts et des assiettes dans les cafés et les restaurants qui commençaient à s'emplir de leur habituelle clientèle de chauffeurs, d'éleveurs et de soldats de la base aérienne. J'ai pensé, avec une légère tristesse, que j'étais précisément à un tournant de ma vie que je n'aurais jamais souhaité prendre. Tant pis.

« Une autre fois, j'ai atterri dans un hôpital d'Amazonie, pour soigner une crise de malaria qui m'épuisait et me plongeait constamment dans le délire. La nuit, la chaleur était insupportable mais au moins m'arrachait-elle à ces tourbillons vertigineux dans lesquels une phrase idiote ou le ton d'une voix impossible à identifier devenait l'axe autour duquel la fièvre tournoyait jusqu'à rendre mes os douloureux. A côté de moi, un commerçant qui avait été piqué par l'araignée putride éventait la pustule noire qui avait envahi tout son côté gauche. « Ça va sécher, disait-il sur un ton joyeux, ça va sécher et je vais bientôt sortir d'ici et conclure mon affaire. Je vais être tellement riche que j'oublierai pour toujours ce lit d'hôpital et cette jungle de merde tout juste bonne pour les singes et les crocodiles. » L'affaire en question consistait en un trafic compliqué de pièces de rechange pour les hydravions qui circulaient dans la région grâce à des licences préférentielles d'importations délivrées à l'armée, exemptes de droits de douane et d'impôts. C'est du moins ce dont je me souviens vaguement parce que l'homme passait la nuit entière à raconter l'affaire dans ses moindres détails qui se perdaient les uns après les autres dans le remous de mes crises de malaria. A l'aube, je finissais par trouver le sommeil mais j'étais toujours pris dans cet étau de douleur et de panique qui m'accompagnait jusqu'à une heure avancée de la nuit. « Regardez. J'ai tous les papiers. Ils l'auront tous dans le cul. Vous verrez. Demain sans faute, je sors. » Il prononça ces mots un soir et les répéta avec une insistance féroce tandis qu'il brandissait une poignée de papiers roses et bleus, pleins de tampons et d'annotations en trois langues. La dernière phrase que je l'ai entendu prononcer avant de sombrer dans une longue période de fièvre, fut : « Ah quel calme, quel bonheur! Cette merde est enfin finie. » J'ai été réveillé par un coup de feu qui a résonné dans ma tête comme la fin du monde. J'ai regardé mon voisin : sa cervelle avait volé en éclats et tremblait encore avec la consistance molle d'un fruit pourri. On me transporta dans une autre salle où je suis resté entre la vie et la mort jusqu'à la saison des pluies, lorsque la fraîcheur de la brise m'a rendu à la vie.

« Je ne sais pas pourquoi je raconte tout cela. En réalité, je suis venu ici pour vous confier ces papiers. Si nous ne nous revoyons pas, vous saurez ce qu'il faut en faire. Ce sont des lettres de jeunesse, quelques reçus du Mont-de-Piété et les brouillons de mon livre que je n'achèverai jamais. J'ai commencé une recherche sur les mobiles réels qui ont poussé César Borgia, duc de Valentinois, à se rendre à la cour du roi de Navarre son beau-frère pour lui apporter son soutien dans la lutte contre le roi d'Aragon, et sur la façon dont il mourut dans l'embuscade que des soldats lui tendirent, au petit matin, aux environs de Viana. Derrière cette histoire, il y a des méandres et des points obscurs que j'avais cru, il y a des années, valoir la peine d'être éclaircis. Je vous laisse également une croix de fer que j'ai trouvée dans un ossuaire d'almogavares dans le jardin d'une mosquée abandonnée, non loin d'Anatolie. Elle m'a toujours porté chance mais je crois que le temps est venu de poursuivre mon chemin sans elle. Vous garderez aussi les factures et les reçus qui attestent de mon innocence dans l'affaire de l'usine d'explosifs que nous possédions près des mines de Sereno. Grâce aux bénéfices qu'elle nous avait donnés, nous allions partir pour Madère, la voyante hongroise qui était alors ma compagne, mon associé paraguayen et moi. Ils se sont enfuis en emportant tout, et c'est moi qui ai dû présenter les comptes. L'affaire est prescrite depuis déjà de nombreuses années, mais un certain amour de l'ordre m'a obligé à conserver ces reçus que je ne veux pas emporter avec moi.

« Eh bien, adieu. Je descends jusqu'aux marais des Martyrs avec une chaloupe vide et si, en bas, je trouve des passagers, ça me fera un peu d'argent pour m'embarquer de nouveau.

Il s'est levé et m'a tendu la main avec ce geste, mi-cérémonieux, mi-militaire, qui lui était si caractéristique. Avant même que j'aie pu insister pour qu'il passe la nuit ici et ne parte que le lendemain matin, il avait disparu entre les caféiers, sifflotant une vieille chanson, assez guimauve, qui avait bercé notre jeunesse. J'ai regardé ses papiers et j'y ai trouvé les traces d'un passé dont il n'avait jamais parlé. J'étais plongé dans cette lecture lorsque j'ai entendu, en bas, le bruit de ses pas traverser le pont qui enjambe le fleuve, et leur écho résonner contre le toit de zinc qui le protège. J'ai ressenti son absence et commencé à me rappeler sa voix et ses gestes dont j'avais remarqué le changement évident. Ils me revenaient maintenant comme le pressentiment funeste que jamais je ne le reverrais.

CET OUVRAGE
A ÉTÉ COMPOSÉ
ET ACHEVÉ D'IMPRIMER
PAR L'IMPRIMERIE FLOCH
À MAYENNE EN DÉCEMBRE 1989

Sur simple envoi de votre carte
aux Éditions Sylvie Messinger
24, rue de l'Abbé-Grégoire, 75006 Paris
nous vous tiendrons régulièrement
au courant de nos publications.

Et pour le Canada à
Edipresse Inc., 945, avenue Beaumont,
Montréal, Québec H3N IW3, Canada.

N° d'impression : 28817.
Dépôt légal : février 1989.
Imprimé en France